KB262796

THE
TOWER
OF BABEL
바벨의 탑
FANTASY FRONTIER SPIRIT
푸른 하늘 장편 소설

바벨의 탑 8

푸른 하늘 장편 소설

초판 1쇄 찍은 날 § 2013년 6월 24일
초판 1쇄 펴낸 날 § 2013년 7월 1일

지은이 § 푸른 하늘
펴낸이 § 서경석

편집부장 § 권태완
편집책임 § 어정원
디자인 § 이혜정

펴낸곳 § 도서출판 청어람
등록번호 § 제1081-1-89호
등록일자 § 1999. 5. 31
어람번호 § 제1-1622호

주소 § 경기도 부천시 원미구 심곡2동 163-2 서경B/D 3F (우) 420-822
전화 § 032-656-4452팩스 § 032-656-4453
http://www.chungeoram.com
E-mail § chungeorambook@daum.net

ⓒ 푸른 하늘, 2012

ISBN 978-89-251-3336-2 04810
ISBN 978-89-251-3114-6 (세트)

TOWER OF BABEL

FANTASY FRONTIER SPIRIT

바벨의 탑

푸른 하늘 장편 소설

8

[롤아온 레이나]

CONTENTS

Chapter
01
저주

"쩝……."

저주라는 말에 욱하는 성격 때문인지 무작정 방금 나온 집으로 들어온 진운은 자신을 보고 놀라는 소이와 레이의 모습을 보고는 오히려 안쓰러운 생각이 먼저 들었다.

부모도 없이 어린애들, 자매 둘이서 살아가는 게 얼마나 힘든지, 진운은 몰랐다.

아니, 어린 시절 오히려 많은 사랑을 받고 자랐기에 오히려 지금 진운이 하는 행동은 값싼 동정에 지나지 않을지도 몰랐다.

하지만 그렇다고 모른 체할 수도 없었다.

몰랐다면 그냥 넘어갈 수 있겠지만 알게 된 이상 가슴이 시키는 대로 행동하고 있는 것이다.

"돌아가 주세요."

"……?"

뜻밖에도 진운은 소이의 집 문턱도 넘어보지 못하고 그대로 집주인에 의해 막혀 버렸다.

"동정은 필요없어요."

오히려 자신들을 저주가 내린 애들이라고 멀리하고 괴롭히던 마을 사람들보다 더 원망하는 눈빛으로 소이는 진운을 바라보았다.

그런 그녀의 모습에 지금 자신의 행동은 누가 봐도 동정으로 보일 수밖에 없다는 것을 깨달은 진운이었다.

"동정이 값싸다고 생각하는 거니?"

진운의 나직하지만 귓가로 또렷하게 들려오는 말에 소이는 고개를 크게 끄덕였다.

"훗, 아직 어린애군."

마을에서는 저주받은 아이들이라고 멀리하고 부모는 죽고 없는 고아들에게 남은 것은 자존심뿐이라는 사실을 진운이 모르는 바는 아니었다.

하지만 오히려 그런 자존심이 스스로를 옭아매는 올가미

가 된다는 것을 경험으로 알기에 대놓고 비웃으면서 한마디 했다.

그러자,

"당신이 뭘 알아!!!"

돌연 방금 전까지 진운에게 미안해하던 소이의 모습은 오 간데 없이 사라져 버렸다.

그리고 외려 잡아먹을 듯이 노려보며 소이는 진운을 향해 큰소리쳤다.

소이는 레이가 화내는 자신의 모습에 놀라 구석에 웅크리 고 있다는 사실도 모르는 듯했다.

하지만 진운은 그런 소이를 보면서 불난 집에 부채질하듯, 오히려 더욱 비웃는 듯한 표정을 지었다.

"내가 왜 알아야 하지?"

"……!"

순간 진운의 냉정한 한마디에 할 말을 잃어버린 소이는 죽 일 듯이 노려보기만 했다.

"동정? 크크크큭……. 그까짓 동정을 받는다고 화내는 꼴 이라니."

그리고는 그대로 몸을 돌려 걸어가자 그 모습에 소이는 결 국 폭발해 버렸다.

"당신이 뭘 알아!!! 나와 내 동생이 얼마나 울었는지!!! 알지도 못하면서 함부로 말하지 마!!!"

멈칫.

"억울하면 싸워, 그리고 이겨내 봐. 숨어서 울어봐야 아무도 알아주지 않으니까."

마지막까지 잔인한 진운의 말에 소이는 양손을 으스러지도록 움켜쥐고는 어깨를 부르르 떨기 시작했다.

"언니……."

지금까지 이처럼 화내는 소이의 모습을 본 적이 없는 레이는 무서웠지만 본능적으로 자신이 무언가 해야 한다는 생각이 들었다.

이내 소이의 곁으로 다가와 안기면서 레이는 울먹였다.

그러나 그런 레이의 반응조차 귓가에 들리지 않을 만큼 소이는 진운의 말에 흥분해 버린 상태였다.

"싸워? 누구랑 싸워요? 누구와……."

진운의 말에 결국 고개를 숙여 버린 소이는 참았던 눈물을 뚝뚝 흘렸다.

그러자,

"언니, 울지마……!! 울지마……. 아저씨!!! 나빠!! 왜 언니를 울려!!! 언니는 나 때문에 그 시커먼 것들한테 빌었는데!! 왜 울려!!!"

소이가 울자 레이도 덩달아 울면서 진운을 향해 큰 소리쳤다.

그런데 레이의 말을 듣던 진운의 표정이 살짝 변했다.

"시커먼… 것들……?"

중얼거리듯 말했지만 분위기 잡는다고 목소리에 마나를 실어서인지 레이의 귓가에도 들린 듯했다.

"그래! 그 시커먼 것들이 나도 잡아먹으려고 했는데 언니가 빌었어!! 아무 말 안 할 테니 살려달라고 나만이라도 살려달라고 언니는 빌었어!!"

덥썩!!

뒤늦게 소이가 레이의 입을 손으로 막았지만 이미 진운은 다 들은 뒤였다.

"가버려요!!"

황급히 진운에게 한마디 하고는,

쾅!!

당황한 표정으로 문을 닫아 버리는 모습에 진운은 의외의 곳에서 뭔가 힌트를 얻은 것 같은 표정을 지어 보였다.

그러곤 품에서 휴대전화를 꺼내더니,

"저예요."

[응? 어디야? 지금 200명 정도 불러서 주변을 뒤지는 중인데 아무것도 안 나와. 혹시 잘못 짚은 거 아니야?]

군인 200명이면 확실히 이런 작은 촌락 정도는 몇 분 만에 수색할 수 있을 만큼 차고 넘치는 인원이긴 했다.

특히나 일반 군인도 아니고 백호연이 마음대로 쥐고 흔드는 특수부대 군인들이라면 더더욱 남아도는 인원인 것이다.

그리고 그런 200명이나 되는 군인이 촌락을 벗어나 이미 주변까지 살펴봤다면 확실히 아무것도 없다고 생각할 수밖에 없었다.

하지만 진운은 그런 백호연에게 지시를 내렸다.

"주술사를 찾아주세요."

[응? 주술사?]

본래 소이에게 물어봐서 진운이 직접 움직일 생각이었는데 그놈의 욱하는 성질 때문에 괜히 어린애 자존심에 상처만 긁어버린 것이다.

뭐, 그 때문에 뜻밖의 정보를 레이에게서 얻긴 했다.

하지만 황급히 집으로 들어가 버리는 모습을 보고는 다시 물어본다고 대답해 줄 것 같지 않았다.

그래서 결국 권력이란 녀석을 사용하기로 한 것이다.

"네, 제가 알아보니 사라진 마을 사람들 중에 유일하게 살아 돌아온 자매가 있는데 그녀들에게 저주가 걸렸다고 소문을 퍼뜨려 마을로부터 자매를 고립시킨 자가 바로 주술사라고 합니다."

[…그래? 뭐, 확실히 좀 수상하긴 한데… 흔한 일이기도 하

거든.]

중국은 땅이 큰 만큼 소수 민족이 많고 그만큼 주술사나 신앙에 기대어 사는 민족이 의외로 많은 편이었다.

그걸 백호연이 모를 리가 없기에 한마디 했지만 진운은 아랑곳하지 않았다.

"찾아주세요, 아무래도 그 사람이 뭔가 알고 있을 것 같아요."

[그래. 지금 와서 딱히 다른 방법이 있는 것도 아니니까.]

이곳까지 온 것도 진운의 추리 덕분이었으니 백호연은 우선 진운의 말을 따르기로 했다.

휴대전화를 끊자마자 산으로 움직이던 수많은 기척이 곧장 마을로 모여들기 시작했다.

그러고는 몇 분 지나지 않아 진운의 휴대전화가 울렸다.

"네."

[주술사 행방을 찾긴 했다.]

확실히 특수부대 200명이면 못할 게 없는 것이다. 명령 한마디에 모든 것이 해결되니 말이다.

어쩌면 이런 맛에 사람들이 권력에 취하는지도 모른다고 진운은 잠시 생각했지만, 그런 생각이 머릿속에 오래 머물지는 않았다.

"어디랍니까?"

[죽었다더라.]

"네?"

[마을에 사람들이 사라지고 일주일 뒤쯤에 목매달고 죽었대. 그리고 죽으면서 마지막으로 남긴 말이 소이 레이 자매는 저주를 받았으니 얼씬도 하지 말라는 말을 남겼다는 거야.]

"……."

[듣고 있냐?]

"네, 듣고 있어요. 그럼 군인들이 몰려와 봐야 오히려 겁만 먹을 뿐이니까 제가 먼저 실종 당시 살아 돌아온 자매를 다시 만나서 정보를 캐보죠."

[그럴래?]

"그럼 다시 연락할게요."

죽어버린 사람에게 물어볼 수는 없으니 결국 이제 진운에게 필요한 정보를 가진 사람은 소이와 레이 자매뿐이었다.

문제라면 방금 진운이 욱하는 성격에 남은 것이라곤 자존심밖에 없는 소이의 가슴을 마구 난도질했다는 사실뿐이지만 말이다.

"하아……. 나도 이놈에 욱하는 성격 좀 고치든지 해야지. 쩝……."

소이는 이제 겨우 십대에 불과한 소녀다.

게다가 아직 학교 다닐 나이도 되지 않았을 어린애를 데리고 혼자 힘들게 살아가는 아이였다.

그런 소이에게 진운이 한 말은 확실히 잔인했다.

하지만 현실이 뭔지 알지 못한다면 그게 결국 자신에게 독이 될 수 있다는 사실을 진운은 잘 알았다.

그래서 괜히 욱하는 성질에 이를 말해준 것이다.

그걸 알아듣기에는 소이의 나이가 너무 어렸다는 것이 진운이 생각지 못했던 문제라면 문제였고 말이다.

"사탕 사들고 가면… 반겨줄라나?"

여자들이 한 번 가슴에 응어리를 품으면 얼마나 무서운지 진운은 나름 알고 있기에 선뜻 소이네 집을 들어갈 수 없었다.

여자가 한을 품으면 오뉴월에도 서리가 내린다는 말은 그냥 생긴 것이 아니었다.

그만큼 여자들은 한 번 삐치면 남자들이 생각하는 것 이상으로 오래가고, 두고두고 그것을 가지고 사람을 괴롭힌다는 걸 잘 알고 있는 진운이었다.

그러나 이제 와서 웃으면서 아무 일도 없었던 것처럼 소이의 얼굴을 볼 용기는 쉽게 생길 리 없었다.

"그래도 설마 칼 들고 덤비기야 하겠어."

그래도 어린 여자애라는 생각에 소니의 집으로 다가가 문을 두드렸다.

탕탕탕.

끼이이익.

“……??”

진운은 절대로 열어주지 않을 것이라는 자신의 예상과 달리 너무나 쉽게 열리는 문에 살짝 당황했다.

게다가 문을 열어준 것도 소이 본인이었다.

다만 그녀의 손에는 커다란 물바가지가 들려 있었고, 그 안에는 물이 가득 들어 있었다.

촤악!!!

“…….”

다짜고짜 손에 든 물바가지를 진운을 향해 힘차게 뿌린 소이는 말없이 진운을 바라보았다. 그러곤,

쾅!!!

그대로 다시 문을 닫아 버렸고,

덜컹!

아예 문을 잠궈 버렸다.

“…하아…….”

사실 소이가 뿌리는 물바가지 정도는 얼마든지 피할 수 있는 진운이었다.

진운의 눈에는 소이가 물을 뿌리는 모든 행동이 마치 슬로우모션처럼 보였으니 말이다.

하지만 본능적으로 피하려던 진운은 애써 자신의 발을 잡아버렸고, 시원하게 물에 젖어버렸다.

"뭐, 그래도 칼 들고 덤비지 않은 게 어디야."

그나마 물벼락 정도는 애교로 봐줄 수 있으니 피식 웃던 진운이었다.

그런 진운의 귓가로 잠겨 있는 문 너머로부터 소이의 목소리가 다시 들렸다.

"다시 문을 두드리면 원하는 대로 칼을 던질 거예요!"

"……."

순간 진운은 자신의 입이 방정이라는 생각을 했다.

결국 다시 슬쩍 소이의 집에서 조금 떨어진 바위 위에 걸터앉아버렸다.

"아……. 레이나가 있으면 뭔가 방법이 있을 텐데……."

그동안 레이나와 함께 움직이는 것이 아예 몸에 익어버린 탓에 진운은 지금 상황이 막막하기만 했다.

뭔가 번뜩이는 데엔 진운이 확실한 재능을 보였지만, 지금처럼 뭔가 계획이 있어야 할 때는 그렇지 못했다.

겨우 레이나와 떨어진 지 며칠 되지도 않았지만 하루가 멀다 하고 레이나가 그리워지는 진운이었다.

특히 지금처럼 여자애의 가슴을 뒤집어 놓은 진운에게는 카운슬링이 절실히 필요한 순간이었다.

하지만 주변을 아무리 둘러봐도 상담해 줄 사람이 없다는 사실에 진운은 그저 한숨만 나왔고 더욱 답답하기만 했다.

마을 사람들은 저주받은 아이들이라고 근처도 안 가려고 하는데다가, 그 외의 사람이라곤 머리까지 전부 근육으로 가득 찬 것 같은 단순한 남자들뿐이었으니 말이다.

그런데 거의 두 시간 정도 지났을까?

덜컥!

열릴 것 같지 않던 문에서 소리가 들려왔다.

쾅~!

후다닥~!!

레이가 헐레벌떡거리면서 문을 거칠게 열고는 황급히 사방을 둘러보다 진운과 눈이 마주치자 소리쳤다.

"언니가 죽어요!!!"

"……!!!"

갑작스런 레이의 외침에 진운은 곧장 온몸에 마나를 활성화 시켜 수십 미터나 되는 거리를 한 번의 도약만으로 좁히곤 집 안으로 들어섰다.

황급히 발을 들인 집 구석에 고개를 숙인 채로 온몸을 바들바들 떨고 있는 소이의 모습이 보였다.

"왜 그래!"

전혀 예상치 못한 상황에 진운이 황급히 다가가 소이에게 손을 뻗으려 했다.

그 순간.

"손대지마!!!"

날카로운 소이의 목소리와 동시에 진운의 손에 끼워져 있던 게티아가 반응을 보였다.

찌잉~

'마기!'

사실 게티아가 반응하는 것과 동시에 진운의 감각도 이미 소이의 목소리에 섞여 있는 마기를 느낀 상태였다.

그런데 소이의 몸에서 마기가 느껴지는 것은 너무나 뜻밖의 상황이라 진운이 잠시 멈춰 섰다.

"헉헉……. 내 몸에 손대지 말아요. 손대면… 죽어요……."

가쁜 숨을 몰아쉬면서도 떨리는 팔을 들어 올려 진운과 레이가 다가오는 것을 필사적으로 막고 있는 소이였다.

"언니… 언니……. 흑흑, 언니 죽지 마… 죽지 마……."

레이는 연신 소이의 모습에 울면서 죽지 말라는 말만 되풀이했다.

진운은 우선 소이보다 레이를 진정시키는 게 먼저라는 생각이 들어 레이의 이마에 살짝 손을 얹어 자신의 마나를 흘려보냈다.

“언니… 죽지… 마… 아…….”

그러곤 레이는 스르륵 눈을 감더니 그대로 진운의 팔에 살며시 안기듯 잠들어 버렸다.

대륙을 여행할 때 고문 반, 장난 반으로 직접 뇌에 마나를 흘려보내면서 나름 요령을 터득했던 진운이었다.

그렇기에 마나를 뇌로 흘려보내 잠재우는 것은 일도 아니었다.

우선 놀랐을 레이를 강제로 재운 뒤 가능한 소이와 멀리 떨어진 곳에 눕혀놓고는 지운은 다시 소이의 앞에 섰다.

시간이 갈수록 소이의 몸에서 흘러나오는 마기가 진해지는 것을 느낀 진운은 저절로 인상을 찌푸릴 수밖에 없었다.

“마기가 진해지고 있다는 건…….”

생명의 근원은 바로 마나였다.

마나가 있기에 생명이 있고, 마나와 생명은 서로 공존의 관계에 있다.

하지만 지금 소이의 몸에서 뿜어져 나오는 것은 마기였다.

마나와 정반대의 성질을 가지고 있으며 마계, 즉 정신체로 이루어진 마족들의 생명의 근원이 바로 마기이다.

한마디로 살아 있는 사람의 몸에서 마기가 뿜어져 나오는 경우는 단 두 가지뿐이라 할 수 있었다.

“마족과 계약했거나 아니면 마족의 지배를 받고 있거나.”

마족과 관련없이 인간의 몸에서 마기가 뿜어져 나올 확률
은 제로에 가까우니 지금 진운의 판단은 너무나 정확했다.

"헉헉헉……. 레이를… 데리고 멀리 떠나요. 빨리……."

소이는 곧 숨이 넘어갈 듯 가쁜 숨을 내쉬며 무언가에 저항
하려는 듯 몸부림을 쳤다.

그런 상황에서도 끝까지 마기에 저항하며 필사적으로 버
티는 이유는 오직 자신의 동생인 레이 때문이었다.

그런 소이의 모습을 보며 진운은 몸을 낮춰 눈높이를 맞추
더니 나직하게 물었다.

"계약한 거냐."

"크윽! 헉헉헉……. 했어요, 레이를 살리기 위해……."

결국 진운의 생각대로 소이는 마족과 계약한 것이다.

그리고 어째서 이곳만 다른 마을처럼 시귀를 만들어 죽이
지 않고 실종자만 있었는지 이유를 알게 된 진운이었다.

"네가 마지막 소환진을 발동시킬… 열쇠였구나……."

소이, 그녀가 바로 마지막 소환진을 발동시킬 열쇠였던 것
이다.

"크악!!! 어서 레이를 데리고!!! 떠나란 말이야!!! 어서!!! 빨
리!!!"

푸화아악!!!

소이는 갑자기 진해진 마기에 더 이상 버티기 힘들어진 듯

했다.

튕기듯 몸을 일으킨 소이는 가쁜 숨을 천천히 가라앉히며 벽에 몸을 기대었다.

"……."

만약에 진운이 마법진을 그릴 줄만 안다면, 아니 최소한 마기를 억누르는 방법만 알았다면 벌써 소이를 어떻게 했을 것이다.

하지만 그런 것은 모두 레이나가 전문이었고 진운은 오로지 힘을 키우는 것에만 집중해 왔을 뿐이다.

그렇다 보니 진운으로선 마기에 잠식당해 천천히 변해가고 있는 소이의 모습을 지켜보고 있을 수밖에 없었다.

물론 완전히 방법이 없는 것이 아니긴 했다.

꽈악.

진운은 자신의 주먹을 힘껏 움켜쥐고는 소이를 쳐다봤다.

마나를 가득 담은 주먹 한 방, 생명의 근본인 그것을 가득 담은 지금 주먹 한 방이면 해결할 수 있었다.

하지만 그와 동시에 소이는 죽는 것이다.

마족과 계약으로 인해 이미 마기가 발동한 이상 지금 소이의 몸은 시한폭탄이나 다름없었다.

그런 상황에 상극인 마나가 가득 담긴 진운의 주먹이 닿는다면?

당연히 마기와 마나가 서로 충돌해서 폭발해 버릴 것이고. 마기를 담고 있는 소이의 몸도 마기와 같이 사라질 터였다.

"…빨리 레이를 데리고 꺼져……!!! 꺼지란 말이야!!!"

소이는 아까부터 계속 레이를 데리고 도망치라고 사정을 해도 도통 꿈쩍도 하지 않는 진운의 모습에 화가 난 듯 거칠게 소리쳤다.

하지만 여전히 진운의 표정은 무표정할 뿐이다.

"당신!! 죽고 싶어?! 난… 악마와 계약을 했어. 그 대가가 이거야. 얼른… 레이를 데리고 가줘. 그 애가 내 유일한… 희망이야……. 내가 살아가는 이유란 말이야. 제발… 제발… 데리고 떠나줘."

"살고 싶니?"

떠나라는 말에는 반응도 없던 진운이 나직이 한마디 하자 소이는 손으로 벽을 짚으면서 몸을 일으키려다가 손목에 힘이 빠지면서 다시 벽에 부딪쳤다.

"살고 싶어……. 저 애를 혼자 두고… 이렇게… 이건 싫어. 하지만 내가 이러지 않았으면… 둘 다 죽었어……."

진운은 진한 슬픔이 담겨 있는 소이의 말에 가만히 그녀를 바라봤다.

이미 피부는 검은색으로 물들어 가고 있었고, 눈동자의 검은색 홍채는 거의 사라져 흰자만 남아 있는 모습이었다.

보통 사람이 봤다면 공포스러운 모습에 그 자리에서 얼어 붙었을 것이다.

"그럼 끝까지 발버둥 쳐서 살아봐."

"당신!! 무슨 소리… 협!!!"

소이는 마기에 의식이 점점 희미해지고 있었지만, 그런 상황에서도 레이가 집에 있어 애써 버티고 있었다.

그런 상황에 갑자기 진운이 자신의 코앞까지 다가와 소이의 입을 손으로 틀어막아 버렸다.

"흡흡흡!!! 흡흡흡!!!"

소이는 진운의 돌발행동에 놀랐다.

하지만 더욱 놀라운 것은 진운의 손에 잡히는 순간 온몸에 힘이 빠져나가는 것처럼 전혀 힘을 쓸 수가 없었다.

지금 그녀는 자신이 변해가는 상황이 어떤 것인지는 잘 알지 못했다.

그러나 레이를 살리려 악마와 계약하던 당시에 보았던 살아 있는 사람을 맨손으로 찍어버리는 괴력을 발휘하던 검은색의 괴물로 자신이 변하고 있다는 것쯤은 알고 있었다.

그건 계약할 때 직접 악마로 들었으니 말이다.

게다가 지금 거의 80% 정도 마기에 잠식당한 자신이었다.

이미 그 누가 오든, 군대가 쳐들어 와 비 오듯 총알을 쏟아내도 상처 하나 생기지 않을 상태였다.

그런데 고작 진운의 손에 잡혔다고 온몸에 힘이 빠져나가
니 있을 수 없는 일이 벌어진 것이다.

그리고 진운의 목소리가 소이의 귓가에 들려왔다.

"살고 싶으면 버텨라!"

그 말과 동시에 소이는 갑작스럽게 자신의 몸 안으로 커다
란 무언가가 쏟아져 들어오는 것을 느꼈다.

"컥!!!"

너무나 고통스러우면 비명 소리조차 나오지 않는다고 했
던가?

갑작스런 엄청난 힘의 충돌로 결국 고통을 이기지 못한 소
이는 그대로 기절해 버린 것이다.

덥썩!

하지만 그렇게 기절하는 순간에도 진운의 팔을 잡은 손은
결코 놓지 않고 있었다.

사실 지금 상황은 진운으로서도 도박이었다.

별다른 계획이나 특별한 기술이 필요한 게 아니었으니 말
이다.

말 그대로 지금 진운이 하는 행위는 소이의 몸에서 마기를
밀어내는 것이었다.

그것도 진운이 손으로 잡고 있는 소이의 머리 부분을 자신
의 마나로 보호하면서 나머지 부분의 마기를 몰아내는 무식

한 방법이었다.

이건 특별히 지식도, 기술도 없는 진운이 즉석에서 생각해 낸 미친 짓에 가까운 방법이었다.

그나마 마나의 적응으로 몸 안에 마나가 넘쳐흐르는 진운이기에 시도라도 해볼 만한 방법이기도 했다.

"하압!!!"

단 한 번.

결코 두 번 할 수 없는 도박이었다.

자칫 진운이 소이의 몸에서 마나를 밀어낼 때 아주 찰나의 순간이라도 마기에 밀려 주춤거린다면 두 기운은 서로 반응해서 폭발할 테니 말이다.

하지만 이건 100% 소이가 몸 안에서 마기와 마나가 서로 힘겨루기하는 모든 고통을 참아내고 살아남아야 한다는 전제 조건도 필수적이었다.

"…흡……!!!"

물론 처음에는 진운의 기습적인 마나의 힘에 마기가 생각대로 밀려서 나가는 듯했다.

그런데 어느 순간 마기를 밀어내는 속도가 점점 줄어들기 시작한 것이다.

"젠장, 마기가 밖으로 배출되지 않고 압축되고 있어. 빌어먹을……."

압도적인 진운의 마나로 밀어붙이고 있다곤 해도 이미 소이의 몸은 많은 부분을 잠식하고 있는 마기의 것이었다.

한마디로 홈그라운드인 것이다.

집 지키는 똥개도 본디 자기 집에서는 50%를 먹고 들어간다는 말이 있다.

확실히 진운이 자신의 마나를 힘껏 쥐어짜서 밀어붙여도 쉽사리 마기는 밖으로 배출되지 않았다.

오히려 점점 더 압축되고 있는 상황에 난감해진 것은 진운이었다.

"젠장, 이러다 멈추기라도 하면……."

밀어내는 속도가 줄어들다 줄어들다 결국 멈칫거리는 순간이 온다면 소이는 물론 진운 자신도 위험할 수밖에 없는 지경에 이를 것이었다.

그때!

찌이이이이잉!!!

갑자기 진운의 손가락에서 무반응이던 게티아가 손가락이 저릴 만큼 심하게 진동하더니 붉은 빛을 뿜어내기 시작했다.

좌아아악!!!

그리고 게티아의 반응이 일기 시작한 동시에 마기의 저항이 약해지는 것을 진운은 알아차렸다.

하지만 이것이 어떻게 된 일인지는 알 수 없지만 소이는 물

론 자신도 이미 많은 마나를 쏟아부은 상태기에 지금 이 기회
는 절대로 놓쳐서는 안 되었다.

"꺼져 버려!!! 빌어먹을 마기!!!"

촤아아아악!!!

진운의 몸에서 마나의 최고조로 활성화되면서 푸른 빛이
뿜어져 나왔고 그런 진운의 푸른 빛은 게티아의 붉은 빛과 함
께 살아 있는 듯 허공에서 춤을 추면서 소이의 몸을 휘감기
시작했다. 그리고,

파삭!!!

소이를 감쌌던 그 빛이 뭔가 부서지는 듯한 소리를 냄과 동
시에 감쪽같이 사라져 버렸다.

"…헉헉……. 살았다……."

진운은 빛이 부서지는 순간, 소이의 몸에서 더 이상 마기가
사라지고 마나가 가득한 것을 확인하고서는 주저앉아 버렸
다.

그것도 힘든지, 먼지 바닥에 그대로 대자로 누워 버렸다.

털썩!

진운이 바닥에 드러눕자 그제야 벽 때문에 천천히 쓰러진
소이도 나름 안전하게 바닥으로 쓰러져 버렸다.

"미친 짓 했다가 죽을 뻔했네. 젠장, 모르겠다. 이젠 나도
손가락 하나 까딱할 힘이 없으니……."

결국 그렇게 진운은 도박에 성공했다.

그와 동시에 절대로, 다시는 이딴 미친 짓을 하지 않겠노라 다짐했다.

그리고 무엇보다 정말 레이나가 곁에 없다는 게 너무나도 슬프고 힘든 진운이었다.

"어디 마족 하나 하늘에서 안 떨어지나."

[나 불렀어?]

"……."

머피의 법칙인지 아니면 정말 양반은 못 될 녀석인지 진운의 말이 끝남과 동시에 소이의 집 지붕을 통과해서 천천히 내려오는 마족이 보였다.

물론 너무나 눈에 익숙한 녀석으로 말이다.

"아스타로트, 너… 정말 타이밍 하나는 죽인다."

[호호호호호, 내가 좀 그런 편이지.]

말이나 못하면 밉지라도 않을, 아스타로트의 모습에 대꾸하기도 귀찮은지 진운이 눈을 감아버렸다.

[벌서 지친 거야? 게티아의 주인이? 에이~ 너무 약하네. 쯧쯧…….]

혀까지 차면서 아스타로트는 진운을 놀렸다.

하지만 지금 진운은 같이 놀아줄 기분이 전혀 아니었다.

"그냥 조용히 가라."

[나도 볼일이 있어 온 거니까 구박은 그만하지~]

"볼일……?"

그래도 볼일이라는 말에 진운이 약간 반응을 보였다.

아스타로트는 슬쩍 고개를 돌려 가쁜 숨이 아닌, 조용하면서도 편안한 숨을 쉬며 기절해 있는 소이를 보며 입을 열었다.

[저 녀석에게서 익숙한 기운이 느껴져서 말이야.]

"……??"

[또 다른 나… 아스도렛… 녀석의 마기가 느껴져서 말이야.]

여기서 아스도렛의 이름이 나왔다는 것에 진운은 결국 물 먹은 솜처럼 무거운 몸을 다시 일으켜 세워 앉았다.

"그것 때문에 여기까지 온 거야?"

[당연하지, 나에게는 본래 신으로서의 이름인 이슈탈의 이름을 찾는 게 가장 최우선이야.]

그러고는 기절한 소이 곁으로 가더니 꼼꼼히 살펴보기 시작했다.

그런데 의외로 한번 소이를 훑어보고는 고개를 갸우뚱거리더니 금방 떨어져 버리는 아스타로트였다.

[이상한데……. 그 많던 마기가 어디로 사라진 거지?]

소이가 마족의 계약으로 인해 잠식당하면서 엄청난 마기

가 뿜어져 나왔었다.

언제나 아영의 곁에서 맴돌던 아스타로트가 한걸음에 여기 온 것만 봐도 얼마나 마기가 강했고, 진운이 얼마나 미친 짓을 했는지 설명할 필요가 없었다.

그런데 막상 아스도렛의 마기를 느끼고 날아온 아스타로트는 소이의 몸에서 마기는커녕 충만한 마나의 기운만 느껴지기에 고개를 갸웃거릴 뿐이었다.

마기란 한번 잠식을 시작하면 그 무엇도 멈출 수 없다고 알려져 있었다.

72마신 중 하나인 아스타로트도 지금쯤이면 마기에 완전히 삼켜져 버린 소이가 미쳐서 날뛰어도 모자랄 판인 걸 알기에 현 상황이 도무지 이해가 되지 않았다.

현재 아스트로트가 알고 있는 모든 가능성을 끄집어내 생각해 봐도 마기에 잠식당하던 인간의 몸을 원래대로 돌려놓을 수 있는 녀석은 오직 하나.

땅바닥에 주저앉아 있는 진운뿐이었다.

그렇기에 돌아보며 물었다.

[무슨 장난을 친 거지?]

"장난에 목숨 걸 만큼 난 한가하지 않아."

정말 말 그대로 죽다 살아났다는 게 하나도 틀린 말이 아니었다.

만약에 마기가 압축되면서 더 이상 진운의 마나로 마기를 밀어내지 못했다면 소이의 목숨은 물론이고, 진운과 이 마을 전체가 한순간에 먼지로 변해 버렸을 테니 말이다.

시체는커녕 마치 커다란 운석이 떨어진 것처럼 마을 하나 초토화되는 것은 일도 아닐 만큼 소이의 몸에서 반항하던 마기가 대단했다.

그런 대단한 마기를 찍어 눌렀던 진운의 마나 또한 결코 적은 양이 아니었다.

그런데 그런 엄청난 마나와 마기의 충돌 속에서 게티아가 빛을 발휘하자 순식간에 정리가 되어버린 것이다.

진운은 자신의 손에 끼고 있는 게이타를 보면서 도대체 이 반지는 용도가 과연 무엇이었을까? 하는 생각이 먼저 들었다.

차원이동용? 그러기에는 사실 너무 비밀이 많은 반지였다.

72마신을 봉인하는 용도? 물론 72마신을 봉인하는 반지가 결코 평범할 리는 없었다.

하지만 그것보다 지금 진운의 호기심을 건드리는 것은 바로 자신이 눈으로 직접 봤던 장면 때문이었다.

붉은 빛을 뿜어내며 게티아의 빛이 살아 있는 듯 꿈틀거리며 소이의 몸을 휘감다 돌기 시작하면서부터 소이의 몸속에 있는 마기가 게티아의 붉은 빛에 이끌리듯 밖으로 빠져나와 사라지는 걸 본 것이다.

진운이 아무리 용을 써도 끝까지 버티던 마기였다.

한데 게티아의 붉은 빛 앞에는 너무나도 허무할 만큼 간단히 밖으로 빠져나가 버렸다.

이런 상황에 왠지 알렉산더 대왕이 남긴 유지 외에도 게티아에는 뭔가 비밀이 더 있을 것 같은 느낌을 지울 수 없는 진운이었다.

진운 외에는 그 누구도 만질 수 없는 특이한 기능부터 이미 평범하지 않은 물건이었다.

사실 처음 게티아를 얻었을 때부터 깊이 따지고 생각할 여유가 없어 대충 넘기고 잊어버렸던 게 지금까지 와버렸던 것이다.

[…어떻게 마기를 이렇게 깨끗하게 처리할 수 있는 거지? 그것도 인간의 몸속에서 발동을 시작해 육체잠식을 시작한 마기를 말이야. 도저히 이해할 수가 없군.]

아스타로트도 마신이었다.

그렇기에 최소한 지금 진운이 자신에게 진실을 말하는 건지 아닌지 정도는 알 수 있었다.

하지만 그것을 떠나 진운의 성격상 거짓을 말할 성격도 아니기에 순순히 믿어버리는 아스타로트였다.

"운이 좋았어."

별거 아닌 듯 말하는 진운이었지만, 거짓말이 아니기도 했다.

진운의 이 무식한 방법은 게티아가 붉은 빛을 뿜어내기 전까지는 확실하게 예상대로 소이의 몸에서 마기를 밀어내고 있었으니 말이다.

[훗, 운? 인간의 몸속에서 마기를 사라지게 하는 게? 그건 마신조차 하지 못하는 것이야. 그런데 그걸 운이라니……. 진운, 넌 참 재미있는 녀석이야. 호호호호호~]

뭔가 알고 있는 듯한 표정이었지만 아스타로트는 굳이 말하지 않고 한 번 웃었다.

[아스도렛의 흔적이 사라졌으니, 더 이상 난 이곳에 볼일이 없게 됐네. 그럼~]

철저하게 자기 용무 때문에 왔던 아스타로트는 그 볼일이 사라지고 없자 진운에게 애교 섞인 웃음을 한번 지어보이고는 처음 자신이 나타났던 지붕 위로 사라져 버렸다.

"…어째 갈수록 일이 꼬이기만 하는 것 같네……."

확실히 진운의 돌발적인 행동을 그동안 레이나가 적당히 제어하던 것이 사라지자 이래저래 힘들기만 했다.

특히나 레이나와는 몇 년 동안 지내오면서 호흡을 맞춰 왔으니 그 빈자리가 너무나 클 수밖에 없었다.

따따딱 따딱.

언제까지 이렇게 소이의 집, 땅바닥에 앉아 있을 수 없었
다.

자리에서 일어나던 진운은 온몸의 관절에서 비명을 지르
듯 들리는 소리를 들었다.

"크윽……. 젠장. 마스터도 결국 인간이긴 하네."

온몸이 비명을 질렀지만 그래도 여자애가 차가운 땅바닥
에 엎드린 채로 기절해 있는 것을 두고 볼 수만도 없는 노릇
이었다. 결국 기어가듯 다가가 힘들게 둘러메고는 그녀들이
잠자는 침대로 보이는 낡은 나무로 만들어진 단상 위에 눕히
고선 진운도 그대로 기절해 버렸다.

Chapter
02
대동 그룹

　“……??”

　아직도 무거운 듯 자꾸만 내려가는 눈꺼풀을 힘겹게 다시 뜬 진운이 가장 처음 본 사람은 백호연이었다.

　“어쩐 일이세요?”

　마치 왜 자기를 빤히 쳐다보고 있냐는 듯한 진운의 말에 백호연은 기가 막혔다.

　“허~ 참. 삼 일 만에 깨어나서 하는 말이 고작 그건가?”

　“…삼 일이라니……?”

　진운은 백호연의 말이 뭔지 잠시 어리둥절한 표정을 짓더니 그제야 주변을 살펴보고는 말했다.

"병원입니까?"

"일찍도 알아차리는구만. 쩝, 맞아, 병원이야. 군 병원이긴 하지만 뭐 내 입김이 닿는 곳이니 달리 신경 쓸 필요는 없을 거네."

진운은 도대체 저 백호연이라는 사람의 입김이 군에서 얼마나 강하기에 군병원까지 타국의 민간인을 맘대로 입원시킬 정도인지 이해가 가지 않았다.

하지만 딱히 자신에게는 해가 될 게 없으니 대충 넘겨 버렸다.

무엇보다 지금 자신이 군병원에 있다는 것보다 사흘 만에 깨어났다는 것이 더 문제였다.

자신이 소이와 레이가 살던 마을에 간 이유는 바로 소환 마법진을 처리하기 위해서였는데, 벌써 삼 일이나 지났다면 이미 뭔 사단이 났을 수도 있었다.

"어떻게 됐습니까?"

진운이 묻는 말이 무슨 뜻인지 알고 있는 듯 백호연은 한숨을 쉬었다.

"소이라는 여자애가 다 이야기했네. 그리고 우선 마법진은 발동하지 않은 모양이야. 아무래도 자네와 같이 있던 소이라는 애가 마법진을 발동시키는 역할을 했던 것 같아."

“역시…….”

진운은 백호연의 말을 듣고서야 다시 침대에 머리를 기댈 수 있었다. 그런 진운을 향해 백호연이 물었다.

“…도대체 자넨 누군가?”

“정지운입니다.”

귀찮다는 듯 대충 대답하는 진운의 모습에 백호연은 혀를 찼다.

“…어째 갈수록 그 괴물을 닮아가는 것 같아. 나원참. 아무래도 한국이라는 곳에 나도 터를 잡아야 하나. 연달아 괴물 같은 녀석들이 나타는 것을 보면 뭔가 있는데 말이야.”

사실 백호연은 갑자기 마을 한곳에서 엄청난 마나가 움직이는 것을 느끼곤 황급히 달려왔었다.

그 자리로 달려가던 당시 백호연은 당연히 진운의 마나를 한 차례 느껴본 터라 그곳에 진운이 있음을 확인한 상태였다.

그런 엄청난 양의 마나를 사용해야 하는 무언가가 있다는 사실만 짐작했던 것이다.

하지만 그곳에서 본 것은 허름한 침상 위에 어린애를 업듯이 둘러멘 채 기절해 있는 진운의 모습뿐이었다.

상황을 확인시켜 줄 당사자들로부터 알아낼 만한 것이 없었던 것이다.

정작 당사자들은 기절해 버렸으니 말이다.

　결국 기절한 진운 때문에라도 자리를 비울 수 없었던 백호연은 알렉산드로에게 수색을 넘기고 소이가 깨어날 때까지 옆을 지키며 기다렸다.

　이후 소이가 정신을 차리고 모든 것을 털어놓자 그제야 진운을 부랴부랴 군 병원으로 옮겼던 것이다.

　"그것보다 자넨 소이라는 애가 마족과 계약했다는 것을 어떻게 알았던 겐가?"

　마족과 계약한 사람은 스스로 마족의 힘을 사용하기 전까지는 결코 알 수가 없었다.

　그렇기에 진운을 보호하라고 보냈던 백호연의 부하가 도리어 습격할 수 있었던 이유이기도 했다.

　마족의 지배가 아닌 계약의 경우 본인 스스로 원해야만 가능한 것이기에 작정하고 숨기면 찾는 것은 거의 불가능했으니 말이다.

　그런데 진운은 정확하게 소이의 곁에 있었고, 뭔가 알아본다는 전화를 마지막으로 해결해 버리기까지 했다.

　그렇다 보니 백호연으로서는 도대체 진운이 어떻게 소이가 계약자인지 알았냐는 것이 궁금할 수밖에 없었다.

　뭔가 대단한 것을 말해줄 것이라는 기대에 찬 백호연의 눈빛을 가만히 바라보던 진운이 말했다.

　"운이 좋았을 뿐이에요"

"운?"

"제게 안겼던 꼬마애 보셨으니 아실 거 아닙니까. 그 꼬마가 소이의 친동생이더군요, 그래서 어쩌다 보니… 뭐, 운이 좋았던 거죠."

아니, 정확하게 진운의 입장에서 말하자면 운이 지독히도 나빴다.

그냥 좋게 끝났으니 운이 좋았다고 할 뿐이었으니 말이다.

백호연도 사실 진운의 마나를 멀리서나마 느꼈기 때문에 무슨 엄청난 사투가 있었는지 물어보고 싶은 마음이 가득했다.

하지만 잠깐이나마 겪어본 진운의 성격상 오히려 캐물어볼수록 입을 다문다는 것을 알기에 아쉽지만 포기해야만 했다.

물론 굳이 진운의 입이 아니라도, 소이에게 대충 들은 게 있었기에 이 정도에서 그칠 수 있기도 했지만 말이다.

"소이는 어디에 있습니까?"

어리든 어떻든 마족과 연관이 있었던 소이였으니 백호연이 그냥 둘 리는 없다는 생각에 진운이 물었다.

"우선 정밀 검사 중이긴 하지만 뭐, 나와 알렉산드로가 느끼기에도 더 이상 위험할 것 없기에 검사가 끝나는 대로 돌려보낼 생각이네."

“······.”

진운은 백호연의 말을 듣고 잠시 창문을 쳐다보면서 생각하는 듯했다.

“부탁이 하나 있습니다.”

“부탁?”

백호연은 저 도도한 진운이 부탁한다는 말에 혹시 잘못 들은 게 아닌가 하는 생각에 귀를 쫑긋 세웠다.

“나중에 소이와 레이를 돌려보낼 때 그녀들에게 돌아가겠냐고 한 번만 물어보고 그녀들이 원하면 돌려보내 주세요.”

“응? …아······.”

진운의 말에 백호연은 무슨 말인지 잠시 고개를 갸웃거리다가 뒤늦게 그녀들이 마을에서 어떤 취급을 받는지 기억해내고는 대답 대신 고개를 끄덕였다.

사실 백호연은 추적에만 힘을 썼기에 소이가 마을에서 어떤 취급을 받고 있는지 크게 관심이 없었던 것이다.

“원하면 보내주도록 하지. 그런데… 만약에 안 간다면 어쩌려고 그러나?”

백호연은 그냥 문득 생각난 것이라 물어보자 갑자기 진운의 입가에 미소가 번지는 모습을 볼 수 있었다.

그리고 천천히 진운의 손이 움직이더니 손가락이 백호연 자신을 가리키는 게 아닌가.

“나?”

“그럼 여기 다른 누가 있습니까?”

“내가 뭘?”

“국가공인마스터이시면⋯ 나름 군에서도 입김이 센 것 같더군요. 타국의 민간인인 저를 이렇게 군병원에 입원시킬 정도면 말입니다.”

진운이 슬쩍 띄워주는 듯 말하자,

“험험, 뭐, 그거야 당연하지. 난 중국의 국가가 인정한 마스터니 말이야.”

괜히 진운의 띄워주기에 슬쩍 민망한지 헛기침을 하는 백호연을 보더니,

“그런 분이 설마 겨우 어린애 두 명이 다른 곳에 가서 살고 싶다고 하는데 어쩌지 못할 만큼 무능력하지 않으시겠죠?”

“⋯⋯.”

방금 말을 듣고서야 진운이 지금 소이와 레이를 자신에게 떠넘긴다는 것을 알아챈 백호연은 미간을 찡그리면서 노려보았다.

하나, 그런 게 먹혀들 진운이 아니었다.

“왜요? 설마⋯ 국가공인 마스터이신데⋯⋯? 설마~”

아예 대놓고 놀리듯 장난스런 진운의 말에 백호연은 꼼짝없이 소이와 레이를 떠맡을 수밖에 없는 상황에 놓여 버렸다.

“네놈, 정말… 고약하구나, 고약해……”

진심으로 진운에게 한마디 했지만 진운은 피식 웃었다.

“전 아시다시피 당장 집도 절도 없는 몸입니다. 안 그런가요?”

“…알겠네. 그 애들에게 물어봐서 다른 곳에 가겠다면 내가 책임지고 처리해 주지.”

씨익.

백호연이 받아들일 수밖에 없는 상황을 만들어 놓았던 진운은 방금 그 미소로 모든 대답을 대신한 것이나 마찬가지였다.

그런데 그런 진운의 미소를 보더니 찡그린 미간에 주름이 슬그머니 펴지면서 무언가 힘을 주어 말했다.

“꼭~ 그 애들이 원하는 걸 들어주도록 내 약속하지~”

하지만 진운은 딱히 자신이 귀찮아 질 이유가 전혀 없다는 생각에 기쁘게 웃었다.

“감사합니다. 제 부탁을 들어주셔서 말입니다.”

“뭘 말을……. 자네가 아니면 러시아 역사상 가장 엄청난 라스푸틴이라는 녀석이 죽음에서 부활했을지도 모르는데 이 정도는 부탁도 아니지 않는가. 하하하하하하!”

호탕하게 웃기까지 하는 백호연의 모습에 진운은 순간 목덜미에 무언가 서늘한 기운이 느껴졌지만 별 대수롭지 않게 넘겨 버렸다.

"그보다 자네, 한국으로 들어가 보지 않을 텐가?"

"한국으로요? 그야 당연히 전 한국 사람이니 한국으로 돌아갑니다. 하지만 백호연 씨가 이렇게 물어보는 건 다른 이유 때문이죠?"

"크크큭, 역시 자넨 눈치 하나는 정말 빠르단 말이야. 알렉산드로 그 녀석은 뺀질~ 뺀질 하니 알면서도 뒷꽁무니만 빼는 통에 여간 짜증나는 게 아니거든."

슬쩍 말의 화제를 돌리는 백호연의 행동에 진운은,

"그냥 본론만 말씀하세요."

어차피 서로 필요에 의해 손을 잡았으니 딱히 문제가 될 게 없다면 도와줄 생각인 진운이었다.

"자네를 보고 싶어 하는 사람이 있어."

백호연의 말에 진운은 고개를 갸웃거릴 수밖에 없었다.

대륙으로 차원 이동으로 소지훈과 김미영을 보냈기에 딱히 자신을 찾을 만한 사람이 없었던 것이다.

"대동 그룹에서 자네를 보고 싶어 하네."

"…네?"

뜬금없이 대동 그룹에서 자신을 찾는다는 말에 진운은 더더욱 영문을 모르겠다는 표정을 지을 뿐이었다.

갑자기 대동 그룹에서 자신을 왜 찾는단 말인가?

“역시나 놀라는구만.”

“그야 당연한 거 아닙니까? 대동 그룹에서 절 왜 보자는 겁니까? 전혀 연관이 없는데 말이죠.”

“자세한 건 나도 몰라, 다만 대동 그룹 회장으로부터 직통으로 나한테 연락이 온 것이니까 웬만하면 가보는 게 좋을 거네. 대동 그룹은… 자네가 생각하는 그런 일개 그룹이 아니거든. 후후후훗.”

“……??”

뭔가 의미심장한 듯한 말을 한 백호연은 슬그머니 자리에서 일어나더니 그대로 병실을 나가 버렸다.

“…설마… 김현중이라는 사람과 연관이……? 에이, 설마……. 말도 안 돼.”

대동 그룹이라면 당연히 희대의 풍운아로 불린 김현중 전 회장이 생각나는 것은 너무나 당연했지만, 사실 본인이 생각해도 너무나 억지스러운 것이었다.

백호연과 알렉산드로가 워낙에 자신과 김현중을 비교했기에 그냥 그런 생각이 났을 뿐이지만 곧 머릿속에서 지워버린 진운이었다.

이건 억지를 넘어서 너무 말도 안 되는 상황이었으니 말이다.

그런데 설마가 사람 잡는다는 말이 그냥 생긴 건 아닌 듯

했다.

정확하게 백호연에게서 대동 그룹에서 자신을 찾는다는 말을 들은 지 3일이 지났을까?

검은 선글라스에 한눈에도 몸에 미세하지만 마나의 향기가 느껴지는 건장한 사내들을 만났으니 말이다.

"누구시죠?"

진운은 처음 보는 남자들의 방문에 물었다.

"백호연님에게 이야기를 들었을 것으로 압니다."

거의 자신보다 열 살은 어려 보이는 진운에게 정중하게 경어를 쓰는 사내의 행동에 진운도 그냥 모른 체하려던 것을 그만두었다.

"대동 그룹에서 어째서 저를 찾는지 이유를 들어야 저도 움직일 생각인데 말입니다."

슬쩍 도발하듯 진운이 한마디 했다.

하지만 사내는 딱딱한 목소리로,

"저희는 그저 모시고 오라는 명령만 받았을 뿐, 그 외는 알지도, 알아서도 안 되는 신분입니다."

딱 부러지게 사내가 답했고, 그 순간 진운은 사내의 말이 진실인지 아닌지 알아보고 있는 중이었다.

그리고 정말 사내들은 아는 것이 없다는 판단이 섰다.

"좋아요, 굳이 모르는 분들 고생시키고 싶진 않으니까요."

사실 이 사내들이 뭔가 알고 있을 거라는 생각은 애초부터 하지 않은 진운이었지만, 굳이 사내들을 도발하면서까지 떠본 것은 성격을 보기 위함이었다.

하지만 그런 진운의 도발조차 무색할 만큼 정중하면서도 마치 칼로 자른 듯 정확하게 자신의 신분에 맞는 것만 알고 있어야 한다는 사고방식을 가진 녀석들이 분명했다.

이런 이들을 데리고 괜히 입씨름하는 것은 시간낭비라고 생각한 진운은 순순히 따라가기로 했다.

그리고 그날, 진운은 태어나 처음으로 대동 그룹 전용기를 타고 한국까지 가는 경험을 할 수 있었다.

하지만 그보다 놀란 것은 진운이 탔던 전용기의 가격이었다.

미화로 8천만 달러, 한국 돈으로 하면 대충 910억 원이나 하는 비행기가 대동 그룹의 소유였던 것이다.

다만 일반적으로 이런 전용기는 그룹의 회장이나 가장 높은 사람의 이름으로 개인 소유인 것이 대부분인데 대동 그룹의 소유라고 말하는 모습에 조금 고개를 갸웃거린 진운이었다.

보잉 737기를 개조해 완벽하게 최첨단 비즈니스용으로 만든 것으로, 본래 가격이 5천 700만 달러 정도이지만 대동 그룹에서 풀 옵션으로 최고급 사양으로 요구했기에 가격이 8천만 달러가 되어버린 물건이었다.

개인 샤워룸과 화장실은 물론이거니와 킹사이즈 침대를 비롯해 19명이 전혀 불편함을 느끼지 못할 만큼 엄청난 설비를 자랑하는 전용기였다.

"총 다섯 대의 전용기가 있는데 지금 탑승하신 전용기는 그중에 가장 낮은 등급의 전용기로 손님 접대용입니다."

"……."

확실히 돈지랄이 뭔지 화끈하게 보여주는 대동 그룹이라는 생각이 드는 진운이었다.

겨우 손님 접대용으로 전용기를 띄우니 말이다. 그것도 910억짜리 전용기가 가장 낮은 등급이라고 하니 말이다.

불편함?

그 도대체 불편함이란 게 뭔지 진운은 도무지 느낄 사이조차 없었다.

네 명이나 되는 전문 전용기에 탑승해 있는 직원이 손가락만 까딱해도 바로 곁으로 다가와서 무엇이 필요한지 물어보는 통에 오히려 진운이 미안할 지경이었다.

그리고 그와 동시에 아무리 생각해도 대동 그룹에서 이런 전용기까지 움직여서 자신을 데리고 가는 이유에 대해 궁금함만 커질 뿐이었다.

말이 좋아 그냥 손님 접대용 전용기지, 고아에 전혀 대동

그룹과 인연은커녕 대동 그룹에서 판매하는 제품만 몇 번 사
서 써본 진운을 어떻게 알고 그들이 찾는단 말인가?

호화로운 전용기에, 미녀들의 극진한 대접을 받으면서 가
는 진운이지만 머릿속은 복잡하기만 했다.

국제공항에 도착한 뒤 진운은 일반 통로가 아닌 중요 인물
들만 사용한다는 별도의 입구를 통해 한국으로 다시 입국했
다.

그만큼 그가 돌아온 사실을 아는 사람이 없을 만큼 조용히
공항을 벗어났다.

그리고 진운이 도착한 곳은 서울에서 가장 비싼 땅에, 가장
비싼 건물을 가지고 있는 곳, 바로 대동 그룹 본사였다.

Chapter 03
전설과의 만남

또로록.

향이 그윽한 녹차가 진운의 앞에 놓여 있지만 사실 그런 향 따위는 진운에게 아무런 감흥도 없었다.

오로지 지금 자신과 마주보고 앉아 있는 삼십대 초반의 여성에게 시선이 집중될 뿐이었다.

"처음 뵙습니다, 오희연 회장님"

김현중 전 회장이 일반 사원에서 월급 사장 하라면서 등 떠밀어 사장이 된 오희연 사장, 아니, 이제는 대동 그룹의 월급 사장이 아니라 명실상부하게 대동 그룹을 움직이는 회장이라는 사실을 모르는 국민은 없을 것이다.

가능하면 언론에 그룹 회장 자신을 노출시키는 것을 꺼려하는 한국의 특성과 달리, 오희연 회장은 신제품 발표가 있거나 하면 그녀 스스로가 대중 앞에 나서서 설명과 더불어 대화를 주고받는 특이한 행동으로 이미 유명했다.

그렇다 보니 현재 대통령이 누군지 모르는 사람이 있을지 몰라도 대동 그룹의 오희연 회장을 모르는 사람은 없을 것이 분명했다.

유치원생도 알아볼 만큼 유명했으니 무슨 설명이 필요하겠는가.

"오희연이에요."

"……."

회장이라는 직함은 잘라 버리고 오희연이라는 이름만 말하는 그녀의 모습에 진운은 뭔가 이채롭다는 눈빛을 보였다.

"오희연 회장이라고 소개할 것을 그랬나요?"

라며 오희연 회장은 장난스럽게 진운의 눈빛을 받아 넘겼다.

이런 모습을 보고 누군가는 삼십대 초반의 어린 나이라 그렇다 할지도 모른다.

하지만 직접 마주한 진운이 보기에는 오희연은 유능한 CEO가 확실해 보였다.

상대가 누구든 상관없이 자신을 높이는 것은 하수요, 상대에 따라 자신을 낮추는 것은 중수라고 했다.

하지만 상대와 동등하게 자신을 맞추는 사람은 고수였다.

특히 사업을 하는 사람은 상대에 따라 결코 높이거나 낮춰서는 안 되는 것이다.

비즈니스는 한마디로 기 싸움이나 다름없었다.

보기에는 커다란 돈과 돈이 싸우는 것이 기업과 그룹간의 경쟁처럼 보일지 모르지만 실상은 결국 그 커다란 돈을 움직이는 것도 사람이요, 경쟁하는 것도 사람인 것이다.

"이유가 궁금하다는 표정이군요."

"중국까지 저를 찾아와서 이곳으로 데리고 온 것을 보면 다른 건 몰라도, 저에게는 중요한 일이라는 것쯤은 짐작합니다."

"…후후훗."

오희연은 자신 앞에서 눈동자의 흔들림은커녕 너무나 자연스러우면서도 은연중에 묘한 위압감까지 풍기는 진운의 모습을 보면서 미소를 지었다.

"김현중 회장님을 아시나요?"

역시나 진운은 오희연의 입에서도 김현중의 이름이 나오자 살짝 눈살을 찌푸렸다.

설마 오희연에게서도 김현중의 이름을 들을 줄은 몰랐으

니 말이다.

"대한민국 국민이라면 다 아는 사람 아닙니까?"

"그야 그렇죠. 그분이 대동 그룹을 다시 일으켜 세우셨으니까요. 하지만 전 그걸 묻는 게 아니에요."

진운은 오희연의 말에 단호하게 고개를 저으며,

"만나본 적도 없는 사람입니다."

단칼에 잘라 버리자 오희연은 조금 의외라는 듯,

"정말 김현중 회장님을 만난 적이 없나요?"

다시 묻는 모습에 진운은 오히려 한숨과 함께,

"아마 저에 대해서 조사했을 것으로 생각됩니다. 고아에, 몇 년간 실종되었다가 다시 나타난 접니다. 그리고 김현중 회장님이 활동하셨을 당시 전 학생이었습니다. 그런 제가 그분을 만났다는 것이 오히려 더 이상하지 않나요?"

진운은 왠지 부드럽게 웃고 있는 오희연이 껄끄러웠기에 아예 초반부터 김현중과 자신과의 관계를 아니라고 못을 박아 버리기로 한 듯 단호하게 말했다.

"흠……. 하긴, 그것도 그렇네요. 십여 년 전이라면… 정진운 씨의 말이 논리적으로나 이치적으로 너무나 맞는 말이긴 하네요."

말로는 진운의 말에 동조하는 듯 말했지만 진운이 바라보는 오희연의 모습은 방금 자신이 한 말에 전혀 동의하지 않는다는 게 뻔히 보였다.

연륜이라고 해야 할까? 아니면 세계에서도 다섯 손가락 안에 든다는 엄청난 그룹을 이끌고 있는 그룹의 회장이라서라고 해야 할까?

아무튼 부드러운 듯하면서도 묘하게 사람을 자신의 페이스로 끌어들이는 듯한 분위기를 만들어내는 오희연의 모습에 진운은 아예 입을 다물어 버리기로 했는지 이번에는 대답하지 않고 조용히 쳐다보기만 했다.

"음…….. 삼십대 초반이지만 아직 쓸 만하죠?"

"……."

그룹의 회장이라는 사람이 과연 할 말인지 의심스러울 지경이었다.

"후후후훗, 그냥 그리운 느낌이 들어서 그런 것뿐이니까 너무 신경 쓰지 말아요."

"…장난이셨군요."

진운은 마지막에서야 오희연이 자신을 상대로 가벼운 장난을 쳤다는 것을 알게 되었다.

"남자는 그 정도는 받아들일 줄 알아야 여자가 따르는 법이에요. 뭐, 그보다 제 장난은 이 정도로 하고 그럼 본격적인 본론으로 들어갈까요?"

대놓고 지금까지 장난쳤다는 말하는 오희연의 말에 진운

은 과연 저 사람이 삼십대 초반의 미혼 여성이라는 게 진짜인
지 의심이 들었다.

마나로 웬만해서는 흔들리지 않은 자신을 이 정도로 혼란
을 겪은 게 겨우 장난이었다니 말이다.

짝~

그리고 가볍게 손뼉을 치자 회장실 문이 다시 열리면서 여
성 한 명이 들어왔다.

그녀가 이 안으로 들어오는 순간 팅기듯 자리에서 일어선
진운이었다.

벌떡!

찌잉~!

그녀가 회장실에 들어오는 순간 마치 기다렸다는 듯 강렬
하게 진동하는 게티아의 반응 때문이기도 했지만 진운의 온
몸을 자극하는 마기가 더더욱 가만히 앉아 있지 못하게 했던
것이다.

"대동 그룹도 결국 마족의 *끄*나풀이었군."

[훗~]

자신을 향해 맹목적으로 적의를 드러내는 진운의 모습에
도 그녀는 아랑곳하지 않은 채 천천히 걸어 오희연의 옆에 부
동의 자세로 섰다.

그런 그녀를 오희연이 소개를 시작했다.

“지금은 제 비서이지만 본래는 김현중 회장님의 비서였던 시리 양이에요.”

하지만 진운은 오희연이 소개를 하거나 말거나 오직 시리를 향해 적의를 드러낼 뿐이었다.

“제가 왜 이러는지 이유를 모르진 않을 것이라 생각됩니다, 오희연 회장님.”

으르렁거리듯 말하는 진운의 말에 오희연은 너무나 태연했다.

“당연하죠, 시리는 제 비서이기도 하지만 혈족이기도 하거든요. 음……. 뱀파이어라고 하면 이해가 쉬우려나?”

마치 남 이야기하듯 태연스럽게 뱀파이어를 입에 올리는 오희연의 모습에 진운은 기가 막힌 듯 시선을 돌렸다.

“세상을 한쪽의 시선으로만 보면 한쪽만 보이는 법이에요, 안 그런가요, 게티아의 주인 정진운 씨?”

“……!!!”

멈칫!

순간 오희연이 입에서 게티아가 나오는 순간 찰나였지만 진운의 행동이 뻣뻣하게 굳어버렸다.

하지만 곧 자연스럽게 풀리긴 했지만 설마 오희연의 입에서 게티아를 듣게 될 줄은 몰랐던 것이다.

“너무 놀라지 말아요, 사실 지금 더 놀라고 있는 것은 바로 저니까요."

놀라고 있다고 말하는 오희연의 표정은 여전히 부드럽게 웃고 있는 미소가 전부일 뿐이었다.

"…얼마나 알고 있습니까. 저에 대해서."

진운은 이제는 확실하게 적의를 드러낸 것도 모자라 온몸의 마나를 활성화하여 대동 그룹의 회장실을 자신의 살기로 가득 채워 버린 상황이었다.

마치 잘 벼른 칼처럼 조금이라도 수상한 행동을 한다면 아공간에서 칼라드볼그를 꺼내 마족인 시리를 먼저 베어버릴 수 있도록 준비를 마친 것이다.

"그렇게 쉽게 화내면 건강에 좋지 않다고 하는데……. 아직 젊어서 그런가?"

"……."

마스터의 살기는 말 그대로 죽일 살(殺), 기운 기(氣)로 일반적으로 아는 살기라는 개념이 전혀 아니었다.

그런데 이곳 회장실은 이미 진운의 살기로 가득 차 있었고, 마나까지 활성화한 현재 살기는 그저 의미없이 이곳에 있는 게 아니었다.

진운이 마음먹고 오희연에게 살기를 집중시키기라도 한다면 그녀는 꼼짝없이 심장마비로 죽을 수밖에 없을 만큼 무서운 것이었다.

　아니, 운이 좋아 죽지 않는다고 해도 미쳐 버릴 것은 분명
했다.

　그만큼 마스터는 마나를 사용하는 기술 모두가 상대를 무
조건 죽이는 용도로 만들어져 있는 것이다.

　"진운 씨는 운명이나 예언을 믿나요?"

　뜬금없이 예언이라니? 운명이라니?

　진운은 더 이상 오희연의 장난에 놀아날 생각은 눈곱만큼
도 없기에 무표정한 얼굴을 했다.

　"더 이상 그쪽 장난에 놀아날 만큼 제가 한가하지 않습니
다."

　말은 경어를 쓰지만 진운이 내뱉는 말 한마디 한마디가 모
두 살기를 담고 있기에 주변에는 한기만 느껴질 뿐이었다.

　그런데 진운의 그런 말에도 오희연은 오히려 태연히 반응
했다.

　"저도 아까 전에 말했을 텐데요, 제 장난은 조금 전이 마지
막이었다고 말이죠, 그리고 제가 지금 장난치려고 진운 씨를
전용기까지 태워서 이곳으로 모시고 왔다고 생각하나요?"

　"……."

　사실 오희연의 말이 아니라도 진운도 그게 걸려서 살기로
방 안을 가득 채우고 위협하고는 있지만 바로 행동으로 나서
지 않는 이유가 그것이었다.

대답은 하지 않았지만 조용히 입을 다문 모습에 오희연이 다시 입을 열었다.

"정진운 씨가 믿든 믿지 않든, 그건 모두 당신 몫이에요. 전 그저 김현중 전 회장님이 남긴 말을 전해줄 뿐이니까요."

그러고는 시리를 향해 고개를 끄덕이자 시리가 손을 몇 번 움직였다.

지이잉!! 지이잉!!!

갑자기 그냥 벽이던 곳이 갈라지면서 갈라진 벽만큼 커다란 모니터가 모습을 드러냈다.

그 크기만도 쉽게 짐작이 가지 않을 만큼 커다란 모니터가 모습을 드러내자,

딱~!!

시리는 다시 손가락을 튕겼고,

치익!!!

손가락을 튕긴 소리가 신호인지 모니터 화면에 불이 들어오더니 이윽고 화면에 사람의 얼굴이 보였다.

그리고 모니터에 떠오른 사람을 본 진운은 할 말을 잃어버렸다.

"김현중 회장……."

최근 대륙에서 강제로 지구로 홀로 넘어온 뒤로 귀가 따갑도록 들었던 김현중의 얼굴이 커다란 모니터 가득 나타난 것

이다.

―어이~ 게티아의 주인. 아니지, 첫 만남인데 그래도 이름은 불러줘야지. 어이, 정진운 군~ 첫 만남이 모니터 화면이지만 그건 그냥 자네가 넓은 마음으로 이해하길 바라네.

"……."

마치 옆집에 아는 형처럼 너무나 친근하게 인사하는 김현중의 모습에 진운이 조용히 말이 없었다.

―음……. 안 들리나? 대답 좀 해봐.

마치 영상통화를 하는 듯 너무나 리얼한 김현중의 행동에 진운이 오희연을 쳐다보았다.

"실제로 김현중 회장님과 대화하는 채널이에요."

"…네에??"

오희연의 말에 진운은 놀라서 모니터를 한 번 쳐다봤다가 다시 오희연을 봤다가 반복했다.

―그러다 젊은 나이에 목디스크 생겨~

그러자 녹화된 영상이 아닌 것을 증명이라도 하듯 자연스럽게 대화가 모니터에서 흘러나왔기에 진운도 믿을 수밖에 없었다.

"…정말 김현중 회장님이군요."

―그야 당연하지. 후후후후후, 나 닮은 녀석은 그리 많지 않을 거야? 안 그래? 뭐, 자네도 나 못지않은 미남이지만 힘을

내야지! 자네는 총각이지 않는가?"

"……."

딱히 진운이 김현중 회장을 개인적으로 아는 것도 없고, 만나본 건 지금 모니터로 보는 게 처음이지만 왠지 김현중 회장이 저런 성격이었나? 싶은 생각이 문득 들었다.

그런데 그때 진운의 생각을 읽기라도 한 듯 모니터에서 답변이 돌아왔다.

―자네도 장가가서 자식 낳아봐. 자신도 모르게 이렇게 변하게 되어 있으니까 말이야. 그보다 궁금한 게 많겠지? 생전 본 적도 없는 내가 자네를 찾았으니까 말이야.

"…네."

딱히 지금 상황에 진운에게는 전혀 마음에 들지 않지만 그래도 여기까지 온 이상 알 것은 알아야 했기에 진운은 대답은 했다.

―음……. 이걸 어떻게 설명해야 할지… 모르지만 자네도 게티아의 주인이니까 뭐 알겠지만, 난 지금 다른 차원에 와 있는 상황이야. 그리고 지금 이건 차원 통신기를 통해서 나와 대화를 나누고 있는 중이고. 그냥 영상통화로 생각하면 되네.

사실 굳이 설명하지 않아도 지금 누가 봐도 영상통화 그 이상도, 그 이하도 아닌 상황이었다.

―음……. 자네는 운명을 믿나?

“……?”

방금 오희연에게서 들었던 말을 김현중의 입으로 다시 듣게 된 진운은 잠시 모니터를 쳐다보다가 고개를 저었다.

―안 믿어? 음, 뭐 믿든 안 믿든 그게 중요한 게 아니긴 하지만 이왕이면 믿으면 좋은데 말이야. 아무튼 자네가 사하라 사막에서 차원의 분기점에 있는 게티아의 주인이 된 것이 우연이라고 생각하는 건 아니겠지?

“…….”

사실 진운도 갑작스럽게 변해 버린 자신의 운명이 왠지 무언가에 정해진 것에 따라 흘러가는 것은 아닐까? 하는 생각을 해본 적이 있긴 했다.

물론 그렇다고 깊이 생각해 본 것도 아니긴 했지만, 정확하게 말하자면 대충 중간이랄까? 아직 이렇다 할 느낌을 받은 적이 없는 진운은 대충 중간 정도로 생각 중이었다.

―뭐 우선 게티아를 설명하자면 말이야…….

그렇게 시작된 김현중의 대화는 무려 네 시간이나 이어졌고 진운은 꼼짝없이 커다란 모니터 앞에 서서 다 들을 수밖에 없었다.

그리고 진운이 들은 이야기는 레메게톤에 쓰여 있던 바벨의 탑에 대한 진실보다 더 황당한 이야기가 대부분이었다.

“그러니까… 코덱스 기가스라는 책을 찾아야 한다는 말이군요?"

　─뭐, 설명이 장황하긴 했지만 결론은 그거지. 자네가 가진 게티아는 코덱스 기가스를 이 세상에서 소멸시키기 위한 유일한 도구이니, 그것의 주인인 자네는 당연히 코덱스 기가스를 처리해야 하는 운명을 타고난 것이지.

　지금 당장 처리해야 할 일도 산더미 같은데 갑자기 생전 만난 적도 없는 김현중이라는 사람이 나타나서 코덱스 기가스라는 책을 찾아서 처리하라는 말을 들었다.

　당연히 기분이 좋을 리 없는 진운이었다.

　"싫습니다!"

　그리고 당연하게 싫으면 싫다고 하는 진운의 성격상, 곧바로 대놓고 싫다고 대답해 버리자,

　─뭐, 그럴 거라 생각했지. 하지만 자네 아버지의 죽음, 게티아, 자네가 찾아서 봉인해야 되는 72마신, 그리고 코덱스 기가스. 이 모든 것이 이어져 있다면 어떤가?

　김현중의 말에 진운은 생각해 볼 것도 없이 피식거리면서 답했다.

　"연관이 있을 리가 없습니다."

　사실 아버지의 죽음과 바벨의 탑, 그리고 게티아, 거기다 코덱스 기가스라는 생전 들어본 적도 없는 이상한 책이 연관이 있다니 너무 억지를 부려도 심하게 부린다는 생각에 진운

이 들은 체도 하지 않았다.

　—자네가 찾고 있는 일루미나티 녀석들이 첫 번째 바벨의 탑과 연관이 있다면, 그리고 그 첫 번째 바벨의 탑에 코덱스 기가스가 있다면? 이래도 연관이 없다고 생각하는 건 아니겠지?

　"……."

　지금까지 자신은 온갖 노력을 해도 도저히 알 수 없었던 정보를 차원 너머에 있는 김현중의 입에서 술술 막힘없이 나왔다.

　그런 상황에 당황하던 진운은 잠시 생각하더니 왠지 의심스러운 표정을 짓기 시작했다.

　"차원 너머에 있는 분이 어떻게 그토록 자세하게 알고 있는 거죠?"

　김현중의 말은 가만히 들어보면 너무나 논리적인 말이긴 했다.

　하지만 반대로 조금만 생각의 시선을 돌려보면 차원 너머에 있는 사람이 알고 있는 내용치고 너무 많았다.

　거기다 10여 년 전에 사라진 사람이라고 생각할 수도 없을 만큼 엄청난 정보를 알고 있는 것이다.

　그리고 그걸 진운이 놓칠 리가 없었다.

　—아… 그거? 현재 여기 차원의 신이 아직 나타나지 않아

서 잠시 신의 대리를 하고 있거든. 그냥 알바뛰는 거야, 파트타임으로 말이야. 그래서 잠시 권력남용 좀 해봤을 뿐이야.

"……."

애들 만화에도 나오지 않을 이야기를 너무나 태연스럽게 말하는 모습에 진운은 그저 말없이 모니터만 쳐다볼 뿐이었다.

―…역시 안 믿는구만. 뭐 믿든지 말든지 그건 상관없으니까. 아무튼 난 자네가 알아야 할 것을 알려줘야 한다는 규칙 때문에 이렇게 찾아오라고 한 것이니까. 코덱스 기가스를 찾든 말든 그건 이제부터 모두 진운 자네의 생각 여하에 달렸네.

딱히 김현중도 자기 말을 진운이 모두 믿을 것이라고는 전혀 생각하지 않은 듯 별 대수롭지 않은 표정을 짓더니,

―시리.

갑자기 오희연 옆에 있던 시리를 부르는 것이다.

[네, 주인님]

그리고 너무나 자연스럽게 시리는 그런 김현중에게 주인님이라고 부르면서 마치 메이드가 된 것처럼 극진하게 고개를 90도로 숙여서 인사까지 했다.

―너 저 녀석 좀 도와줘라.

[네, 주인님]

그게 끝이었다.

왜 도와야 하는지, 어째서인지 그런 이유는 아무런 의미가 없는 듯 김현중이 명령하는 그것으로 끝나 버린 것이다.

—아, 그리고 일루미나티를 상대하는 게 정진운 자네 혼자라고 생각하는 건 아니겠지?

의미심장한 말에 진운이 되물었다.

"그게 무슨 뜻입니까?"

—시리 옆에 있으면 알게 될 거야, 그리고 희연아~

마치 여동생을 부르듯 오희연 회장의 이름을 불렀다.

"네, 말씀하세요."

—정진운 저 녀석 지금 집은커녕 땡전 한 푼도 없으니까 그냥 힘껏 밀어줘봐.

"…제가 꼭 그래야 하나요?"

오희연은 시리와 반응이 조금 다르긴 했지만 진운이 오희연의 목소리에서 느껴지는 느낌으로는 거의 90%는 김현중의 말에 따르는 듯한 뉘앙스를 풍기고 있긴 했다.

—어차피 죽을 때 돈 싸 짊어지고 갈 것도 아닌데 뭐하러 아껴. 그리고 일루미나티를 상대로 돈 없이는 절대로 불가능하다는 건 너도 알지?

"…알겠어요. 그보다 정말 지구로는 오지 않으실 건가요?"

　오희연은 그리운 듯한 표정으로 김현중에게 아쉬운 듯 한마디 했다.

　―알잖아. 내가 거기 있으면 오히려 분란만 일어난다는 것을 말이야. 그냥 여기서 맘 편하게 알바나 뛰면서 자식 키우면서 마리아한테 바가지 긁혀 가며 살려고 후후후훗……. 그럼… 아, 시간 다 됐네. 쩝, 아무튼 이만 난 간다~ 나중에 또신 대리로 알바 뛰면 연락할게.

　뚝.

　그렇게 폭풍 같은 김현중 전 대동 그룹 회장과의 차원통신이 끝나 버렸다.

　"…저분 도대체 뭐하는 사람입니까?"

　진운은 정말 이 말을 물어보지 않을 수가 없기에 오희연에게 물어보았다.

　"그냥 김현중이에요. 그 이상도, 그 이하도 아니라고 입에 달고 사는 분이죠. 후후후훗."

　뭐가 그리 기분이 좋은지 오희연은 싱글벙글거리면서 자신의 책상으로 가더니 서류를 보기 시작했다.

　하지만 진운은 폭풍 같은 만남에 생각의 정리가 좀 필요했기에 잠시 소파에 앉아서 말없이 머릿속을 정리하기 시작했다.

　하지만 그게 쉽게 될 리가 없었다.

　모니터 화면이긴 했지만 김현중이 남기고 간 흔적은 진운에게는 너무나 커다란 운명의 기로를 만들어 버렸으니 말이다.

Chapter
04 선물

"이건 뭡니까?"

회장실을 나온 진운에게 시리가 무언가 건네기에 보니 투명한 신용카드였다.

시리에게 넘겨받은 신용카드를 집어 들어 살펴봤지만 대동 그룹 마크가 찍혀 있는 것과 정진운이라는 이름 석 자가 직혀 있는 것 말고는 별다른 특징이 전혀 없는 특이한 물건이었다.

당연히 신용카드라면 있어야 할 IC 칩도 없고, 마그네틱 선도 전혀 없이 그녀 투명하기만 했다.

팅~

손가락으로 살짝 팅겨보니 가벼운 금속성 소리가 진운의 귓가를 간지럽혔다.

"제 겁니까?"

진운은 시리에게 물었다.

[네, 이제 그 카드는 진운님 겁니다. 한도액은 없습니다. 그리고 전 세계 어디를 가도 사용할 수 있고, 무엇보다 진운님이 아니면 결제조차 되지 않는 특수카드입니다.]

"……? 제가 아니면 결제가 되지 않는다니……?"

지금까지 신용카드가 사람을 가린다는 말은 들어본 적이 없기에 진운이 되물었다.

[현재 진운님의 손에 들린 카드는 그 카드 자체가 하나의 IC 칩입니다.]

"…설마……."

시리의 말에 진운은 이제는 자신의 것이 되어버린 투명한 신용카드를 들어 올려 유심히 살펴보았지만 금속성 소리가 났다는 것 빼고는 전혀 별다를 게 없었기에 믿지 못하겠다는 표정을 짓자,

[카드에 진운님의 마나를 흘려보내 보세요.]

"마나를요?"

신용카드에 뜬금없이 마나를 흘려보내라는 말에 영문은

몰랐지만 우선 시키는 대로 살짝 마나를 활성화시켜 투명한 신용카드에 흘려보내자, 놀랍게도 투명한 카드에 푸른색의 마나로 만들어진 회로가 움직이기 시작하면서 투명한 카드 속이 마치 하나의 반도체 칩으로 만들어 진 모습으로 변해 버린 것이다.

[그렇게 진운님의 마나를 한 번 주입함으로써 그 카드는 이제부터 진운님의 마나 외에는 그 어떠한 다른 마나에도 반응하지 않습니다.]

"…아, 그래서……."

사람마다 지문이 다 다르듯, 마나도 보기에는 같아 보이지만 마나의 향기는 모두 달랐다.

그걸 이미 알고 있는 진운은 시리가 한 말을 바로 이해할 수 있었던 것이다.

그저 마나만 흘려보낸다고 되는 것이 아니라 처음 주입된 마나의 향기를 투명한 신용카드는 기억했다가 그 마나에만 반응한다는 것이다.

"아티팩트군요."

진운은 마나의 향기를 기억한다는 것에 너무나 흡사한 것이 떠올라 중얼거리자,

[맞아요, 아티팩트를 만드는 것과 같은 원리로 만들어 진 겁니다.]

마나를 사용한 마법적 도구를 일컫는 도구를 말하는 아티
팩트는 그 종류와 쓰임새, 그리고 활용성은 대륙에서도 무궁
무진한 것이었다.

다만 아티팩트를 만들려면 엄청난 마법적 지식과 함께 마
법진은 물론 마법적 이론을 모두 이해해야 했다. 그보다 더
중요한 것은 아티팩트를 만들 수 있는 창의력이 뛰어나야 한
다는 치명적인 단점 때문에 대륙에서는 그저 비싼 일회용 마
법 물품에 지나지 않았지만 말이다.

하지만 진운도 설마 아티팩트를 응용해서 절대 안전한 신
용카드를 만들 줄은 상상도 못했었다.

거기다 보기에는 그저 작고 투명한 신용카드일 뿐이지만
그 안에는 과학과 마법이 극도로 밀집되어 있는 기술의 집합
체가 바로 지금 자신의 손에 들고 있는 신용카드였다.

그런데 다른 것은 다 이해했지만 도무지 진운도 알 수 없는
것이 하나 있었으니 바로 카드가 무엇으로 만들어졌느냐 하
는 것이었다.

팅~

분명히 금속성 소리가 들렸다.

하지만 세상에 투명한 금속은 들어본 적도 없는 진운이었
기에 계속 신용카드를 손가락으로 팅기자 시리가 물어왔다.

[재질이 궁금하신가요?]

"네, 투명한 금속은 아직 들어본 적이 없거든요."

들어본 적이 없는 게 아니라, 과학에 어느 정도 지식이 있다면 투명한 금속이란 것이 존재할 수 없다는 것은 충분히 알 수 있었다.

그럴 수밖에 없는 것이 금속은 결합방식이 다른 투명한 유리나 플라스틱과 달리 금속결합이라는 특성을 가지고 있었다.

최외각 전자가 하나의 원자핵에 구속되지 않고 자유롭게 돌아다니는 구조인 것이다.

전문적으로 줄이면 저렇지만 조금 간단하게 표현하자면 가시광선 영역의 빛이 자유롭게 돌아다니는 금속의 전자에 영향을 주고받아 투과하지 못하기에 불투명한 것이었다.

그리고 속성이 하나로 통일되는 순수도가 높을수록 더욱 반짝거리는 특징도 가지는 게 바로 금속인 것이다.

간단하게 금속은 투명할 수 없다는 그냥 그런 말이었다.

하지만 지금 진운이 손가락으로 튕길 때마다 들리는 소리는 분명히 금속성이었지만 손바닥이 훤히 비쳐 보일 만큼 투명했다.

그리고 투명한 금속은 지구 어디에도 있을 수가 없는…….

"지구의 것이 아니군요."

진운은 혼자 생각하다가 결국 결론은 지구의 상식이 전혀

통하지 않는 다른 곳, 즉 차원 너머의 것이라고 결론지어 버렸는데 시리는 진운의 말에 고개를 저으면서,

[재료는 오리하르콘이라고 하는 금속이 맞습니다. 다만 그걸 가공하고 마법적으로 성형을 하면서 투명하게 되었을 뿐입니다.]

"오리하르콘? 설마… 그 신의 금속이니 하는 그거 말하는 건 아니죠?"

진운은 농담하지 말라는 식으로 한마디 툭 던졌는데 시리는 싱긋 웃으면서,

[잘 알고 계시네요, 그리고 덧붙이자면 오리하르콘은 지구의 금속입니다. 현재는 존재하지 않아야 하는 금속입니다만… 주인님의 허락이 있으니 특별히 드리는 겁니다.]

한마디로 잊어버리면 오리하르콘은 존재해서는 안 되는 금속이니 다시 만들 수 없고, 그래서 절대로 잃어버려서는 안 된다는 시리만의 특유의 화법으로 당부하는 것이었다.

진운도 웃고 있지만 차원 너머에서 차원통신을 하는 김현중은 이미 진운의 머릿속에서도 이해라는 단어를 제외시켜 버린 존재이기에 논외로 치자. 그렇다 하더라도 대동 그룹의 회장인 오희연도 그렇고, 마기를 풀풀 풍기는 시리도 그렇고, 도무지 자신이 알고 있던 세상과 완전 180도 다른 현실을 마주한 상황에 아무래도 약간의 적응 기간이 필요하다는 생각

을 조금은 해보는 중이었다.

[대동 그룹은 저의 주인님의 재산 가운데 일부분에 불과하니 그냥 마음껏 카드를 사용하셔도 상관없으니 마음껏 사용해 주세요. 그리고 진운님이 카드를 사용하실수록 저희도 현재 시험작인 그것의 데이터를 얻을 수 있습니다.]

한마디로 진운은 오리하르콘이라는 재질로 만들어진 세상에서 하나뿐인 마법과 과학이 접목된 신용카드 베타유저가 된 것이다.

단, 일당이 무제한이라는 것이 그나마 위안이라면 위안일지 모르지만 말이다.

그런데 사람의 심리라는 것이 오히려 쓰라고 부추기면 왠지 꺼림칙해 지는 것은 왜일까?

이미 진운의 마나의 향기가 카드에 기억이 되어버린 만큼 다시 돌려줄 수도 없었다.

아니, 시리의 성격상 준다고 받지도 않겠지만 말이다.

그런데 순간 진운은 머릿속에 이런 문구가 떠올랐다.

'전자기기는 개봉하는 순간 반품이 불가능합니다.'

라는 문장이 갑자기 왜 떠올랐는지 스스로도 조금은 의아해 했지만 너무나 절묘하게 맞아 떨어지는 상황이기도 했다.

[그리고 이것도 받으세요]

"……??"

　진운이 카드에 정신이 팔려 있는 와중에 시리가 또 건넨 것
은 열쇠였다.

　하지만 일반적인 자물쇠나 집 열쇠 같은 것은 아니었다.

　굳이 열쇠를 보고 생각난 것이 있다면 자동차 열쇠뿐이었
기에 진운은 이걸 왜 자신에게 주냐는 뜻으로 시리를 쳐다보
자,

　[더 이상 그것의 주인이 없습니다. 그리고 주인님이 최대한
도와주라고 했기에 드리는 겁니다.]

　졸지에 무제한 신용카드 베타유저가 된 것도 모자라, 공짜
라 차도 한 대 생긴 진운은 이걸 정말 받아도 되는 건지 여전
히 마음속으로 고민이 되었다.

　하지만 이미 발걸음은 시리를 따라 자신이 손에 쥐고 있는
자동차 키와 맞는 자동차를 향해 걷고 있는 중이었다.

　그리고 대동 그룹 본사 건물의 가장 지하까지 내려간 진운
의 눈앞에 보인 것은 붉은색과 검은색의 절묘한 조화로 마치
트랜스 포머 영화에서나 본 것 같은 곡선의 미가 살아 있는
스포츠카였다.

　엄청난 넓이의 주차장에 오직 그 스포츠카 한 대만 서 있는
상황이 아니더라도 이미 외관부터 다른 차는 애들은 장난감
수준으로 전락해 버릴 만큼 디자인부터 차원이 다른 스포츠
카를 보면서,

“설마… 설마… 저건 아니겠지.”

애써 모른 척했지만 이 넓은 주차장에 서 있는 차는 그 차 한 대뿐이었으니 아닐 수가 없었다.

[본래 주인님이 타던 멕라렌 F1은 주인님이 가지고 가신 뒤 예비용으로 남아 있던 멕라렌 P1이라는 스포츠카입니다.]

“멕라렌… 이라면 설마… 그 멕라렌은 아니겠죠……?”

아무리 자동차를 그리 좋아하지 않는 진운도 멕라렌이라는 이름은 들어본 적이 있었다.

꿈의 스포츠카라는 꼬리표가 따라다니는 몇 안 되는 슈퍼카 중 하나라는 것에 설마~ 설마하면서 시리에게 물어보자,

[그 멕라렌이 맞습니다.]

“……. 도대체 김현중 회장은… 돈이 얼마나 많은 겁니까.”

대충 가격은 몰라도 백억대는 가볍게 넘긴다는 스포츠카를 그냥 준다는데 아무리 진운이라도 기가 찰 노릇이었다.

진정한 돈의 위력이 뭔지 피부로 느끼고 있는 것이다.

그런데 아직 이게 끝이 아니었다.

[열쇠에 있는 대동 그룹 문양의 버튼을 눌러보세요.]

“…이건가?”

시리의 말에 진운은 그저 반사적으로 열쇠 가장 위에 있는 버튼을 눌렀을 뿐인데,

스윽~

　갑자기 진운의 눈앞에 있던 백억을 가볍게 넘길 꿈의 슈퍼카 멕라렌 P1 사라져 버린 것이다.

　하지만 진운은 슈퍼카가 없어졌다는 것보다 마치 무언가에 삼켜지는 듯 없어진 것이 왠지 익숙했다.

　"설마… 아공간……?"

　공간의 제약없이 무언가를 넣고 빼는 기능을 가진 아공간 속으로 멕라렌 P1이 사라졌다는 사실을 눈으로 확인한 것은 아니었다.

　하지만 아공간은 자주 사용하는 진운은 느낌으로 알아차려서 시리에게 물어보자,

　[멕라렌 P1 전용 아공간입니다. 어디든 열쇠 버튼만 누르면 다시 나타나고 누르면 아공간 속으로 사라지는 겁니다. 주인님께는 저의 마스터가 항상 있기 때문에 딱히 필요하지 않지만 그래도 제가 구색이라고 갖추자는 생각으로 달아놓은 기능입니다. 마침 진운님도 마법을 사용하지 못하시니 편리하게 사용해 주세요.]

　"……. 미… 쳤… 다……."

　미쳤다는 말이 저절로 나올 수밖에 없었다.

　세상에 아공간을 가진 수백억대 슈퍼카를 공짜로 주는 것도 어이없지만 시리의 말을 빌리면 아공간도 그저 구색이나

갖추자는 생각에 옵션으로 달았다는 듯 말했다.

과연 지금까지 세상을 살아오면서 자신이 보고 들은 것이 얼마나 진실인지 궁금해지기까지 한 진운이었다.

그러면서도 진운은 생각 한편에서는 이렇게까지 엄청난 것을 공짜로 준다는 사실이 아무래도 뭔가 외상으로 땡겨 쓰는 느낌을 지울 수 없었다.

미래에 자신이 가져야 할 것을 미리 외상으로 가져와서 쓰는 느낌이랄까?

왠지 이 모든 것이 자신의 발목을 묶어버릴 보이지 않는 올가미가 될 것 같은 느낌까지 드는 것이다.

당연히 노파심이라고 할 수도 있겠지만, 자라오면서 자신의 아버지가 했더 말이 있었으니,

"세상에는 공짜란 없단다, 하물며 길가에 개울에 흘러가는 물 한 모금이라도 먹기 위해 꼭 개울로 내려가야 하듯 꼭 무엇이든 대가를 치르게 마련이란다."

라고 했던 말이 머릿속 한켠에 계속 맴돌고 있는 중이었다.

그렇지만 그런 생각이 맴도는 것과 동시에 지금 진운에게는 다른 것은 몰라도 시리가 넘겨준 카드만큼은 절실히 필요한 것도 사실이었다.

자신의 은행에 있는 돈은 사실 쓰지 못하는 돈이었고, 그걸 쓴다는 것은 일루미나티에게 자신의 행적과 존재를 모두 알려주는 방울에 지나지 않았던 것이다.

그런데 진운이 갈등하는 것을 시리가 알아챘는지,

[원하지 않으시면 쓰지 않으셔도 됩니다. 부담 가지지 마세요.]

오히려 지금 그 말이 더욱 진운에게는 부담이 되고 있을 뿐이었다.

그런데 시리의 말이 자극이 된 건지 진운은 결국 신용카드와 멕라렌의 열쇠를 강하게 움켜쥐고는,

"잘 쓰겠다고 김현중 회장님께 전해주세요."

결국 외상이든, 나중에 대가를 치르든 그건 나중 일이었다. 그보다 당장 자신이 해야 하는 일에 필요하다면 그 무엇이든 가릴 처지가 아니기에 받아들이기로 한 것이다.

이미 아버지의 복수로 시작된 일루미나티와의 싸움은 이제는 진운이 죽든, 일루미나티가 무너지든 둘 중 하나가 사라져야 끝나는 싸움이었다.

그런 싸움에 돈이라는 무기가 얼마나 중요한지는 진운 스스로도 잘 알고 있기에 설사 이것 때문에 나중에 고생을 하더라도 그건 그때 문제인 것이다.

＊　　　＊　　　＊

“답답하네. 정말…….”

선물받은 것은 사실 기분이 좋았다.

선물이라고 하기에는 말도 안 되는 황당한 것이었지만 말이다.

하지만 공짜는 없는 법이다.

진운의 머릿속이 복잡한 이유는 김현중과의 차원통신으로 들은 이야기 때문이다.

그 결과로 홀로 사람이 거의 다니지 않는 산 중턱에 올라와 있는 중이었다.

“코덱스 기가스, 그걸 태워 버려야 한다라……. 그리고 그게 내 정해진 운명이라니 미치겠구만. 정말…….”

사실 이걸 모두 믿어야 할지 의심이 들어도 이상하지 않을 만큼 황당한 이야기임은 분명했다.

하지만 이미 바벨의 탑에서 생활했고 차원을 넘어 여행까지 해본 진운에게는 황당한 이야기가 아니라 어깨를 누르는 무거운 진실일 뿐이었다.

“게티아, 이게 그저 봉인 도구가 아니라는 것은 대충 생각은 했지만……. 무슨 지구의 운명이 어쩌고 할 줄이야. 미치겠네.”

　　김현중이 했던 말을 종합하면 일루미나티는 지금 수백 년 동안 오직 한 가지 목적을 위해서 만들어진 단체라는 것이다.

　　그건 인간 중심의 세상을 만드는 것, 이건 진운도 어느 정도 알고 있는 편이었다.

　　일루미나티가 적이라는 것을 인식하자마자 찾을 수 있는 모든 자료를 구해서 찾아봤으니 나름 어느 정도 지식은 있는 편이긴 했다.

　　하지만 문제는 진운이 모르는 완전 새로운 정보를 김현중에게 듣고 나서부터였다.

　　"인류 말살 계획이라……. 이걸 어디까지 믿어야 할지 모르겠네."

　　진운은 중얼거리면서도 과연 이게 정말 가능한 걸까? 하는 생각이 들었다.

　　김현중의 말을 빌리면 현재 지구의 70억 인구의 80%가 종교를 가지고 있다.

　　게다가 이슬람 쪽을 믿는 사람들은 종교로 인해 서로 전쟁까지 서슴없이 저지를 만큼 현재 인간 생활에 종교란 절대로 빠질 수도, 아니, 없어서는 생활 자체가 불가능한 국가도 있을 만큼 밀접한 관계가 있는 것이다.

　　하지만 종교란 신을 믿는 단체였다.

　　당연히 인간보다 신이 위에 있는 것이다.

하지만 일루미나티는 인간 중심의 계몽사상을 가지고 있는 녀석들이었다.

이런 녀석들에게 가장 골치 아픈 존재는 뭘까? 생각해 볼 것도 없이 바로 종교 그 자체인 것이다.

또한 바티칸을 보자.

그냥 보통 도시 크기만 한 그 국가는 세계에서 가장 작은 국가지만 그 영향력은 세계최고라고 누구나 말할 만큼 엄청난 힘을 발휘한다.

세계에서 가장 많은 종교인을 가지고 있는 가톨릭의 심장이라 할 수 있는 곳이기에 그렇다.

그만큼 종교란 한번 믿음을 가지는 순간 평생 사람의 인생에 적지 않은 영향을 끼칠 수밖에 없는 것이었다.

그리고 이제 와서 종교를 어떻게 할 수도 없지 않는가.

자, 그럼 이런 상황에서 일루미나티가 자신들의 계몽사상을 실현시켜 인간중심을 세상을 만들기 위해서는 어떻게 해야 할까?라는 질문이 자연스럽게 생길 수밖에 없었다.

사람들 한 명씩 설득하면서 종교를 벗어나 인간 중심을 계몽사상을 교육시킨다는 방법도 있다.

하지만 이미 그건 일루미나티가 사용했고 결국 제풀에 지쳐서 포기해 버린 방법이었다.

그래서 일루미나티는 한 국가를 정해서 음지에서 움직이

면서 신의 존재보다 물질의 존재를 높여버리는 방법을 선택하게 된 것이다.

그리고 그렇게 선택된 물질이 바로 '돈'이었다.

현재 경제를 움직이는 가장 근본이 뭘까. 그건 바로 돈이었다.

현재 길가는 어떤 사람을 붙잡고 가장 이루고 싶은 현실적인 꿈이 무엇입니까?라고 물어본다면 100% 돈 많이 벌고 싶다는 말이 나올 것이다.

그만큼 과거 신의 이름 아래 움직이던 구조가 돈이라는 물질로 넘어오는 데에는 확실히 성공한 것이다.

특히나 민주주의라는 틀 안에서 경제라는 개념이 중심이 되면서 필수적으로 돈의 힘이 강해질 수밖에 없는 구조였다.

돈만 있으면 귀신도 부릴 수 있다는 말이 그냥 나온 게 아니다.

돈 몇 푼에 사람 목숨 뺏는 것이 예삿일이 되어버린 것이 바로 현재의 상황이었다.

한때 의리를 목숨보다 중요하게 여겼다던 싸움꾼들도 결국 먹고사는 문제와 돈 앞에서 의리고 뭐고 내다 버린 지 오래였으니 더 이상 설명이 필요하겠는가?

그런데 이렇게 일루미나티는 돈이라는 강력한 물질을 신과 비슷하게 올려놓는 것은 사실 성공했다고 말할 수 있었다.

문제는 아무리 돈이라도 신을 완전히 넘어설 수는 없다는
데 있었다.

그만큼 오랜 역사를 가지고 있는 것이 바로 종교였고, 인간
이 원시생활을 할 때부터 신이라는 존재가 있었다고 믿는 만
큼 그 뿌리가 너무 깊은 것이다.

상황이 이렇게 되자 반쪽짜리 성공을 가지게 된 일루미나
티는 다른 방법을 생각해야만 했다.

그것도 확실하면서도 절대로 실패하지 않고 자신들의 세
상을 만드는 방법을 말이다.

그리고 그렇게 고민하던 일루미나티가 내린 결론은 인류
말살 계획이라는 아주 말도 안 되고 미친 계획이라고 했다.

"인류를 말살하겠다면 원시시대로 돌아가겠다는 거랑 뭐
가 다른 거야. 이건 말이 안 돼, 말이. 내가 생각해도 도저히
실패할 것으로 보이는 방법을 천재들이 모여 있다는 일루미
나티가 실행한다니……. 그리고 무슨 수로 70억이 넘는 지구
에 모든 인간을 말살한다는 걸까?"

사실 우선 인류 말살 계획을 실행한다고 치자, 아니, 그 미
친 계획을 실행한다고 생각해도 도대체 무슨 방법으로 한다
말인가? 지구 곳곳에 인간은 살고 있었다.

아마존에서는 아직도 발가벗고 살아가는 원시부족이 존재
하고, 아직 알려지지 않은 원시부족이 있을 만큼 인간의 적응

력은 너무나 강했던 것이다.

말이 쉬워서 70억이지 지구 전체에 퍼져 있는 인간을 모두 죽인다는 건 아무리 진운이 생각해도 실현 자체가 불가능하다는 결론밖에 없었다.

"공룡이 멸종한 것처럼 인간이 멸종한다면 모를까. 말이 안돼, 말이."

진운은 입으로는 계속 말이 안 된다고 중얼거리면서도 머릿속으로 계속 되뇌는 것은 지금 이 말을 자신에게 전해준 사람이 김현중이라는 이유 때문이었다.

한때 아무리 영상통신이지만 최소한 거짓을 말할 사람은 아니라고 판단했으니 말이다.

김현중이 거짓을 말하지 않는다면 아주 높은 확률로 일루미나티는 현재 인류 말살계획을 실행하기 위해서 준비하고 있다는 결론밖에 나오지 않았다.

하지만 이런 생각에는 결정적인 문제가 있었으니 바로 어떻게? 무엇으로? 무슨 방법으로 인간을 말살한단 말인가?

"세계3차대전이라도 일으키려는 건가?"

가장 쉽게 생각할 수 있는 게 세계3차대전이었다.

사실 미국과 러시아, 그리고 인도와 유럽에서 보유하고 있는 핵탄두를 모두 사용한다는 가정을 하면 어쩌면 실현이 가능해 보이긴 했다.

하지만 여기에도 결정적인 문제가 있었는데 바로 방사능으로 오염된 땅에서 일루미나티가 살려고 하지 않으리라는 점이었다.

핵발전소의 예만 들어도 쉽게 알 수 있는 것이 체르노빌 경우만 봐도 100년이 지났지만 지금도 사람이 살지 않는 죽은 땅이라는 별명이 남아 있다.

그만큼 핵탄두를 사용해서 인간 말살이라는 계획은 뒷감당이 너무 힘들다는 최대 문제가 있었다.

"전쟁은 아니야. 핵탄두를 사용하지 않는다는 전제하에서는 세계3차대전이 일어나 봐야 과거 전쟁과 다를 게 하나도 없으니까 말이야."

여러 가지 방법을 생각해 봤지만 도무지 방법이 없었다.

차라리 일루미나티 녀석 하나를 잡아서 물어봐서라도 도대체 어떻게 인류를 말살하고 자신들만 살아남아서 새로운 세상을 만들 건지 물어보고 싶은 마음이 굴뚝같았다.

이런 미친 계획을 쉽게 잡힐 만큼 돌아다니는 말단 녀석들이 알고 있지 않을 것은 뻔했기에 한숨만 나올 뿐이었다.

"아, 진짜 레이나, 아니, 최소 아이린이라도 곁에 있으면 답답함은 덜하겠는데……."

같이 있을 때는 몰랐지만 이번에 철저하게 진운은 혼자가 되어보니 동료가 얼마나 소중한지 절실히 깨닫는 계기가 되었고, 혼자 복잡한 생각을 할때면 습관처럼 레이나 아니면 아이린을 찾는 경우가 많았다.

[내가 도와줄까?]

"……???"

그냥 푸념과 같은 말이지만 또렷하게 진운의 머릿속으로 들려오는 목소리, 거기다 너무나 익숙한 목소리였다.

"레오날드!!!"

진운은 벌떡 일어섰다.

[내가 그렇게 반가운건가? 음, 난 남자는 별로 흥미없는데 말이야. 후후후훗.]

레오날드는 농담하면서 웃고 있지만, 지금 진운의 상황에 레오날드의 목소리가 들렸다는 것 자체가 그 어떤 선물보다 가장 값진 선물이나 다름없었다.

"게티아의 봉인이 풀린 거야?"

마력을 생각 없이 펑펑 써버린 탓에 게티아가 스스로를 보호하기 위해서 레오날드를 강제로 잠재워 버리고 게티아도 봉인해 버린 지금 상황에 레오날드의 목소리가 들렸다면 그건 게이타의 봉인이 풀렸다는 말과 다름없었기에 지금 진운이 기뻐하는 것이었다.

[봉인이 풀린 건 아니야.]

"웅? 그게 무슨 말이야? 봉인이 풀리지 않았는데 어떻게 깨어날 수 있는거야?"

[내가 봉인되어 있는 게티아는 아직 스스로 봉인을 풀지 않았어. 하지만 내가 잠들어 있는 사이에 약간의 마기가 내 몸에 스며들더군. 그래서 잠에서 깨어난 것이지.]

"마기가 스며들어……? ……!!!"

레오날드의 말에 뭔가 생각하던 진운의 머릿속에 떠오르는 것이 있었으니 바로 소이의 몸에서 폭주하면서 끝까지 버티던 마기가 감쪽같이 사라진 것이었다.

"설마… 그게 게티아에 흡수되면서 레오날드 너에게 전해졌다니……."

전혀 생각지도 못한 방법이었다.

그리고 동시에 게티아가 봉인되어 있는 마신에게 마기를 전해줄 수 있는 매개체가 될 수도 있다는 사실을 알게 된 것이다.

[뭐, 나름 내가 잠든 동안 고생이 많았던 모양이군. 그리고 엘프가 느껴지지 않는 것을 보니… 혼자 넘어 왔구만.]

"그래."

레이나는 진운의 곁에서 웬만해서는 떨어진 적이 없었기에 레오날드는 레이나가 진운의 곁에 없다는 것만으로도 대륙에서 진운 혼자만 지구로 넘어 왔다고 판단했고, 정확했다.

[그럼 내가 도움이 될 것 같군. 하지만…….]

말꼬리를 슬쩍 흘리는 레오날드의 말투에,

"무슨 문제가 있는 거야?"

라고 물어보자 레오날드는 잠시 입을 다물었다가 천천히 말을 시작했다.

[문제가 있다면 차원의 문을 열 수 있는 최소한의 마력만 내가 회복했다는 것이지, 즉, 갈 수는 있어도 다시 지구로 넘어오려면 게티아를 통해 내게 마력을 다시 채워줘야만 해.]

한마디로 갈 수는 있지만 진운이 대륙으로 차원이동하고 나면 마력이 바닥나 버린 레오날드는 또다시 잠들어 버린다는 이야기였다.

그리고 진운이 레오날드의 마력을 다시 채우거나, 다른 마신을 잡아서 봉인하지 않는 이상 대륙에서 지구로 넘어오는 것은 거의 불가능하다 말하고 있었다.

하지만 진운은 오히려 레오날드의 말이 끝나자마자,

"열어줘."

레오날드로서는 나름 생각 좀 해보라고 한 말이었지만 그런 것이 무안할 만큼 진운의 대답은 단호했다.

[마기를 흡수해서 내가 마력 회복이 되지 않는다면 차원의 문을 열지 못하는데 괜찮겠는가?]

"무조건 가야 해."

[…생각이 단호하군. 뭐, 나야 게티아의 주인이 한다면 따

라야 하니… 원하는 대로 차원의 문을 열어주지.]

진운이 손을 들어 보이지 않는 벽을 만지듯 살짝 가져다 대
자,

쩌어억… 쩌적!!

마치 투명한 유리가 깨지듯 허공이 부서지면서 시커먼 어
둠이 나타났다.

하지만 오히려 진운은 그리운 것을 찾은 듯 입가에 미소를
지으면서 어둠 속으로 발걸음을 옮겼고 늪으로 빠져들듯 그
렇게 진운은 차원의 틈 속으로 사라져 버렸다.

Chapter 05
레이나를 찾아라

　차원의 통로를 넘어 도착한곳은 너무나 낯익은 곳이었다.

　그야 당연히 진운이 마지막으로 사라졌던 곳이었으니 말이다.

　다만 다른 게 있다면 사람의 흔적만 남아 있을 뿐, 어디에도 기척이 느껴지지 않는 것이었다.

　"이동했구나."

　진운도 레이나가 자신이 갑자기 사라지는 것을 보고 마냥 이곳에서 기다리지 않을 것은 이미 예상하고 있었다.

　논리적인 그녀의 성격상 갑작스럽게 사라진 자신이 바로

돌아오지 않는다면 분명히 뭔가 이유가 있을 것이라고 생각했을 것이다.

그런 상황에 진운에게 소중한 사람들을 위험한 이곳에서 기다릴 이유가 없었으니 말이다.

하지만 진운은 오히려 모두 떠나고 없는 집 안으로 서슴없이 걸음을 옮겼다.

"…어딘가 있을 텐데……."

모두가 떠나고 없는 집이지만 굳이 진운이 이렇게 안으로 들어온 것은 자신이 아는 레이나라면 분명히 신호를 남겼으리라고 생각했기 때문이었다.

진운은 분명히 돌아올 것을 알고 있기에 떠나면서 진운이라면 알 수 있는 표식이든 뭐든 남겼을 것이 분명했다.

집으로 들어온 진운은 휑한 모습에 신경 쓸 겨를도 없이 집 안 곳곳을 살피기 시작했다.

그런데 거의 30분을 넘게 살펴본 진운은 고개를 갸웃거리기 시작했다.

"왜 없지?"

가구는 물론 작은 나뭇조각이 전부인 집 안은 30분이라면 충분히 다 찾아볼 만큼 작기도 했지만 딱히 시야를 가릴 만한 물건도 없었다.

그런데 샅샅이 찾아봐도 깨끗한 집 안의 모습에 당황하기 시작한 진운이었다.

"레이나라면 분명히 남겼을 텐데… 그럴 텐데 어째서 없는 거지……? 설마……."

생각하면서 주변을 살펴보던 진운의 뇌리에 번뜩 떠오른 것은 정보길드였다.

갑작스럽게 떠나긴 했지만 정보길드는 진운의 존재를 알고 있었으니 말이다.

그렇게 정보길드라는 변수가 생각나자 어쩌면 레이나가 표시를 남겼지만 정보길드에서 나중에 다시 이곳을 찾아와서 가져갔을 가능성도 결코 무시할 수가 없게 되어 버린 것이다.

물론 레이나가 정보길드에서 알 수 있을 만큼 허술하게 남기지 않았겠지만 끝까지 진운의 눈에 띄지 않는다면…….

"집 밖까지 살펴봐야겠네."

그래도 가능하면 정보길드 녀석들과 굳이 마주치고 싶지 않은 진운은 혹시나 자신이 놓친 것이 있을지도 모른다는 희망을 걸었다. 거의 해가 떨어져 사방에 어둠이 내려앉을 때까지 찾아봤지만 결국은 아무것도 찾지 못하게 되자,

"…쩝……. 내가 찾아올 수 있도록 흔적을 남기지 않았을 리가 없는데 이렇게 까지 깨끗하다면 이유는 하나뿐이겠지."

결국 진운의 발걸음은 용병길드지부로 모습을 꾸미고 있지만 실상은 대륙에서는 귀족들조차도 극소수가 알고 있는

어둠의 눈으로 불리는 정보길드로 향했다.

진운이 갑작스럽게 지구로 강제 이동된 후로 시간이 흘렀다고 하지만 그래봐야 한 달 남짓이었다.

특히나 지구와 달리 대륙은 시간의 변화가 극도로 느린 곳이기에 한 달이 아니라 몇 년이 흘러도 건물의 모습이 변하는 경우가 거의 없는 편이었다.

하지만 지금 진운의 눈앞에 보이는 것은 조금 이상한 모습이었다.

"사람이 이렇게 많은 곳이었나?"

사실 여행자들이 거치는 길목에 속해 있는 마을이긴 했다.

진운도 이곳에 자리를 잡고 본과 제론을 찾으려고 했었던 것도 그만큼 사람의 왕래가 많았기에 자리 잡았던 것이니 말이다.

하지만 지금 진운의 눈에 보이는 모습은 뭔가 자신이 떠나기 전과 너무나 달라져 있었다.

마을의 풍경이나 모습이 변한 것이 아니라, 너무 변해 버린 마을 분위기 때문이었다.

가죽으로 중요 부위인 심장만 겨우 가린 갑옷을 입은 사람들부터 시작해, 허리나 등에 각자 자신에 맞는 무기를 하나씩 가지고 돌아다니는 사람들을 보며 떠오르는 것이 있었으니 바로 용병이었다.

“뭔 용병이 이리 많은 거지?”

지리적으로나 군사적으로 봐도 이곳 마을은 딱히 전쟁이나 그런 것과 연관이 없는 곳이었다.

특히나 이곳은 제국 내에서도 왕래가 많은 곳이기에 주변의 정리가 잘되어 있는 편이라 몬스터도 적은 편이라 상단을 운영하는 사람들 외에는 용병을 구하지도 않았다.

그렇기에 사실상 용병들에게는 일자리 구하기가 생각보다 힘든 곳이었다.

용병이 아주 없는 것은 아니지만, 용병의 숫자가 적은데도 일자리를 구하기 위해서는 서로 눈치를 봐야 할 만큼 일거리가 적은 편이었다.

한마디로 그냥 보통의 조용한 시골 마을인 것이다.

그런데 지금 진운의 눈앞에 보이는 모습은 마치 용병들이 사는 마을로 착각할 만큼 시선이 가는 곳마다 모두 용병들뿐이었다. 도무지 자신이 떠나기 전 마을이라고 생각이 들지 않을 만큼 분위기가 바뀌어 버렸기에 잠시 고개를 갸웃거리긴 했지만,

“어차피 나랑 상관없는 일이지.”

진운은 자신이 잃어버린 일행을 찾으려 곧 떠나야 하는 마을이었으니 뭐 크게 신경 쓰지 않고 마나를 최대한 낮춰서 기운을 지운 상태로 사람들 사이를 걸었다.

어차피 지금 이곳에서 기운을 지워버린 진운을 알아챌 사람은 전혀 없었으니 말이다.

무려 1킬로미터에 달하는 거리를 그대로 걸어가고 있지만 그 누구도 진운을 알아챈 이가 없는 것만 봐도 확실했다.

끼익.

문에 기름칠도 하지 않는지 여전히 요란한 소리를 내면서 문이 열렸다.

이곳은 겉으로는 용병길드를 가장한 정보길드였다.

그렇기에 밖에 넘쳐 나는 용병만큼이나 이 안도 용병으로 가득할 줄 알았는데, 사람이 없어 한산하기만 했다.

너무 조용한 모습에 혹시나 해서 기척을 감지해 보니 사람이 있긴 했다.

똑똑.

"…응? 누구세……?"

진운이 기척이 느껴지는 곳에 가서 탁자를 손가락으로 가볍게 두드리자 마치 어둠 속에서 사람이 튀어나온 것처럼 얼굴 하나가 튀어나왔다.

그 사람은 바로 이곳 정보길드의 쌍둥이 남매 중 동생인 제린이었다.

전에 진운이 이곳에 의뢰를 하기 위해 왔을 때도 제린이 진운을 맞이했는데 다시 되돌아온 지금도 제린이 진운을 맞이

한 것이다.

제린도 사무적인 말투로 인사하다가 진운의 얼굴을 확인하고는 입을 벌린 채 더 이상 말을 잇지 못하고 있었다.

"다, 당신… 왜 여기… 있는 거예요?"

"…응?"

진운이 여기에 나타난 것에 오히려 더욱 놀라는 제린의 모습에 진운이 고개를 갸웃거리자,

"…정말……. 위층으로 올라가 봐요 언니가 기다리고 있을 거예요."

제린은 진운이 정말 아무것도 모른다는 듯한 표정을 보이자 자신이 말해봐야 결국 입씨름밖에 되지 않기에 한숨을 쉬면서 위층으로 올라가라고 말하고는,

짝!

가볍게 한 번 박수를 쳤다.

드르르륵.

그러자 놀랍게도 진운이 서 있는 바로 옆 나무로 만들어진 벽이 열리더니 숨겨진 계단이 나타난 것이다.

"그쪽으로 올라가면 제인 언니가 있을 거예요. 자세한 건 언니한테 들어보세요."

귀찮다는 표정으로 진운에게 손짓하고는 다시 사라져 버린 제린의 모습에 진운은 그냥 싱긋 웃을 뿐이었다.

　노골적으로 저렇게 싫은 티를 내는 성격에 어떻게 정보길드의 수장을 맡고 있는지 생각하면 참 신기하긴 했다.

　물론 성격 급하고 다혈질인 제린과 달리 매사에 냉정하면서도 논리적인 제인이 있으니 크게 문제 될 것은 없어 보이지만 말이다.

　다만 여자들이 무언가 일을 하기에 척박한 이곳에서 쌍둥이 자매가 정보길드라는 곳을 움직이는 것을 보면 어쩌면 지금 제린의 저 싫은 표정도 어쩌면 연기일지 모른다는 생각이 들긴 했다.

　마나의 향기를 느낄 수 있는 진운에게는 통하지 않겠지만 말이다.

　끼이익.

　제린의 말에 따라 진운이 숨겨진 계단으로 다가가자,

　드르르륵.

　정확하게 진운이 들어서는 순간 다시 닫혀 버린 벽이었다.

　하지만 그러거나 말거나 진운은 그대로 계단을 따라 올라가면서 이상하리만큼 유달리 계단이 좁다는 사실을 깨달았다.

　그냥 흔한 용병길드였다면 뭐 그러려니 하겠지만 이곳은 겉으로는 용병길드 행세를 하고 있으나 실상은 어둠의 눈이라 불리는 정보길드였다.

한마디로 대륙에서 내로라하는 머리 좋은 녀석들이 모인 곳인데 자신들의 비밀통로를 아무 생각 없이 이렇게 좁고 올라가기 불편하게 만들 리는 없었다.

그러다 우연히 진운이 손을 움직이다 벽에 닿았는데,

"…후훗, 그런 거였군."

진운이 지금 올라가고 있는 계단의 양쪽 벽속에 무거운 뭔가가 교묘하면서도 치밀하게 숨겨져 있었다.

일반 사람들은커녕 진운도 벽에 손이 닿기 전까지는 몰랐을 만큼.

벽에 숨겨진 함정은 물론이거니와 이곳 사람들에 비해 오히려 덩치가 왜소한 진운에게도 비좁다 느껴질 계단 통로를 생각하면 답은 하나뿐이었다.

혹시라도 자신들의 존재가 드러나 습격이라도 받는 상황이 온다면 유일한 입구를 폐쇄하기 편하도록 만들었다는 것.

그래서 이처럼 기형적인 통로가 만들어 진 것이다.

오로지 실질적인 활용도만 보면 확실히 누군지 대륙에서는 보기 힘들만큼 머리가 좋은 녀석이 지은 것이 분명해 보이긴 했다.

진운이라도 이런 곳에서 갑작스럽게 벽에 숨겨져 있는 함정이 발동한다면 마나를 최대한 끌어 올려 힘을 쓰지 않는 한 꼼짝없이 갇혀 버릴 수밖에 없었으니 말이다.

살상용이 아니라 시간을 벌기 위한 용도로 만들어진 함정이니 잘 만든 편이었다.

아무튼 그렇게 계단 하나를 올라가면서도 주변을 살피던 진운이 거의 3층 높이 정도를 올라와서야 작은 문 앞에 섰다.

끼익.

허름하지만 묵직한 무게가 느껴지는 문을 열고 들어가자 작은 탁자에 앉아 서류를 보던 제인이 문을 열고 들어온 진운을 보고는 제린과 같이 놀란 표정을 지으면서,

"당신… 왜 여기 있는 거죠?"

제린도 그렇고 제인까지 진운이 여기에 있다는 것이 이상한지 물어보는 통에 진운은 한숨을 쉬면서,

"아래쪽에 있는 제린 양도 그러더니 제인 양까지……. 제가 여기 있으면 안 되는 이유라도 있나요?"

진운은 자신이 아무리 생각해 봐도 딱히 자신이 여기 있으면 안 되는 이유가 없었다.

아니, 이제 있으라고 붙잡아도 잃어버린 가족과 일행을 찾기 위해서 떠나야 했는데 오히려 왜 이곳에 있느냐는 식으로 물어보니 이상하게 기분이 살짝 상하기 시작했다.

"…아무것도 모르는군요?"

제인도 진운의 표정에서 정말 아무것도 모른다는 것을 느끼고는 제린과 같이 한숨을 쉬더니,

"우선 앉아 봐요. 설마… 정말 이곳으로 다시 돌아올 줄은 몰라지만, 우선 왔으니 저도 전해줄 것이 있으니까요."

그리고 자리에 앉아 진운이 제인에게서 자신이 전혀 예상치도 못했던 이야기가 흘러나왔고 그리고 제인의 품에서 한 장의 쪽지가 나와 진운에게 넘겨줬는데 펼쳐 보니 레이나가 남긴 것이었다.

물론 한글로 쓰여 있어 대륙의 그 어떤 사람도 읽지도, 그리고 해석조차도 불가능한 쪽이었다.

"레이나 양이 전해달라고 저에게 남긴 거예요."

"……? 레이나가 직접 당신에게 줬나요?"

"네."

진운은 그냥 흔적을 남겼을 거라고 생각했던 것과 달리 레이나는 대놓고 정보길드의 수장인 제인에게 쪽지를 남기는 대담함을 보인 것이다.

거기다 진운이라면 분명히 정보길드를 찾아갈 것이라는 말까지 남겼다고 했다.

"그보다… 당신도 오면서 봤죠? 이 마을에 가득 차 있는 용병들 말이에요."

"물론"

진운은 가볍게 고개를 끄덕이면서 말하자

"사실 이건 저희도 전혀 예상치 못했던 것인데 당신의 흔적이 드러나 버렸어요, 포란트 왕국을 통해 아르돈 제국을 경유해서 오면서 아이린 영애를 데리고 있다는 것까지 모두 드러나 버린 상태예요..그런데 버젓이 당신이 이곳에 다시 나타났으니 우리가 놀랄 수밖에 없는 거죠."

"흠……."

사실 진운은 지금까지 스스로 움직이면서 무언가 조심하거나, 숨긴 적이 없었다.

그러니 어쩌면 드러나는 것이 당연할 것이다.

하지만 그렇다고 보기에는 너무 한꺼번에 진운의 행적이 드러나 버렸다는 것도 조금 이상하긴 했다.

마치 누군가 지켜보고 있다가 진운이 사라지자 기다렸다는 듯 진운의 그동안 행적으로 모두 세상에 퍼뜨린 것처럼 말이다.

잠시 생각하던 진운은 슬쩍 눈길을 제인에게 향햐자,

"오해하지 마세요, 저희는 아니에요. 독점하고 있으면 있을수록 돈이 되는 정보를 굳이 세상에 퍼뜨릴 이유는 전혀 없으니까요."

"하긴……."

눈치로 진운의 뜻을 알아차린 제인이 먼저 자신들은 절대 아니라고 말했고, 진운이 생각해도 정보란 본래 아는 사람이 적을수록 비밀이 오래가는 법이다.

그리고 특히나 정보란 비밀이 많은 정보일수록 가치가 높은 법이니 제인과 제린이 진운에 대해서 소문을 퍼뜨렸다고 보기에는 조금 억지스러운 것이 많았다.

"그보다… 당신 목에 현상금이 자그만치 100만 골드예요, 100만 골드."

"100만 골드라……. 뭐, 얼마 안 되는구만."

진운은 제인의 말에도 심드렁할 뿐이었다.

이곳이 10골드가 평민들 한 달 평균 생활비라고 생각하면 100만 골드라면 눈이 돌아갈 만도 했다.

그리고 지금 밖에 모여 있는 용병들 모두가 대륙에서 나름 한가락 한다는 용병들이라는 것도 제인을 통해서 들어서 알게 되었다.

참, 세상살이가 생각처럼 되는 법이 없긴 하지만 설마 이런 식으로 나올 줄은 예상하지 못했던 진운이었다.

지금 이런 사단이 난 이유는 모두 진운 스스로가 자초했으니 누구에게 하소연할 수도 없는 지경이었다.

"빌릭 공작 가문에서 자신들의 작위까지 걸고 황궁에서 난리를 쳤다는데 전쟁이 나지 않은 것만으로도 천만다행이에요"

제인은 이 사단이 난 것이 바로 진운 자신 때문인 것을 괜히 책망하는 듯 한마디 했지만 제인의 말이 진운의 귀에 들어

올 리가 없었다.

사실상 진운이 여섯 번째 마스터이긴 했지만 문제는 바로 소속이 없다는 것이었다.

처음에는 소속이 없는 무소속의 마스터라는 점이 진운을 영입하려는 가장 큰 이유였다.

하지만 빌립공작을 죽여 버리면서 오히려 약점이 되어 버렸다.

특히나 빌립공작의 가문에서 황궁까지 쳐들어가 난리치는 바람에 제국의 모든 정보력이 움직여서 진운의 행적부터 모든 것을 조사하기 시작한 것이다.

그러자 생각보다 너무나 빠르게 진운의 행적이 드러나 버렸다.

물론 진운이 행적을 숨기면서 여행하지도 않았거니와 딱히 여행 온다는 기분으로 처음 시작했기에 조사하는 족족 드러나긴 했다.

그리고 소속된 국가가 없다 보니 결국 현상금을 걸어버린 것이다.

상대는 마스터를 단칼에 죽여 버린 마스터였고, 마스터 슬레이[마스터를 죽인자]라는 별명까지 있는 진운에게 현상금을 건다고 과연 누가 나서기나 할까? 하는 생각이 처음에 있었다고 한다.

하지만 의외로 현상금이 걸리고 시간이 조금 지나자 용병들이 움직이기 시작한 것이다.

돈에 따라 움직이고 돈에 따라 죽고 사는 용병들이 마스터의 현상금을 노리고 덤빈다? 과연 그게 상식적으로 가능할까?라고 생각할 수 있다.

하지만 여기에는 다 이유가 있었으니 바로 진운의 일행까지 행적이 모두 드러나면서 진운에게 약점이 생겨 버렸기 때문이다.

진운은 강했다.

빌럽공작이라는 마스터를 단칼에 베어버릴 만큼 확실히 강했지만, 진운의 일행은 그렇지 않았던 것이다.

우선 레이나는 몰라도 아이린의 경우 이미 출신과 가문을 버린 백작영애라는 것까지 모두 드러나 버린 것이다.

그리고 소문이 돌기 시작했다.

진운과 아이린이 약혼한 사이다.

아이린을 인질로 잡는다면 마스터가 아닌 마이스터가 와도 꼼짝할 수 없을 것이라는 소문이 퍼지기 시작한 것이다.

사실 그 소문을 제인의 입으로 들은 진운은 심드렁한 표정을 지었고 그 표정을 본 제인은,

"아이린 영애가 약혼녀가 아니군요."

라고 말하자 진운도 당연하다는 듯,

“계약에 의해 내가 보호하고 있을 뿐.”

라고 말해 버린 것이다.

누가, 어디서부터 이런 소문이 시작되었는지 알 수는 없지만 아무리 강한 맹수라도 약점을 알고 있고, 같이 싸울 동료가 있다면 무모해지는 것이 바로 인간이었다.

거기다 덤으로 마스터 슬레이를 죽였다는 명예까지 얻을 수 있는 것이다.

아무리 돈이 좋고 돈에 의해 움직이는 용병이라고 하지만 평생 동안 살면서 과연 이런 기회가 얼마나 있을까?

특히나 딱히 이렇다 할 전쟁도 없어서 그저 상행이나 따라다니면서 근근이 먹고살다 그대로 늙어 죽는 게 현재의 용병들이었다.

아무리 돈에 움직인다지만 용병도 칼을 들고 있고, 남자였기에 꿈이 있을 수밖에 없었는데, 그런 부분을 정확하게 파고든 것이 지금 소문이었다.

마치 누군가 잘 쓴 소설 하나를 보는 것 같은 느낌이 들 정도로 사람의 마음을 쥐고 흔드는 마력이 느껴지기까지 했다.

“이미 누가 내 정보를 대륙에 퍼뜨렸는지 알고 있는 것 같은데 말이야……?”

진운은 밖에 몰려 있는 용병들 따위는 어차피 한주먹 거리도 안 되는 것들이었다.

아니, 마음만 먹으면 몇 분 안에 모두 고깃덩이로 만들 수도 있었다.

하지만 진운의 일행까지 목표가 된다면 상황이 완전히 달라져 버리는 것이다.

특히나 소지훈과 김미영, 그리고 다슬이 같은 경우는 전투력이 없다고 봐도 무방했으니 말이다.

변호사와 의사가 무슨 힘이 있겠는가.

말발로 먹고사는 변호사는 입이 무기였고, 김미영은 의사이긴 했지만 성형외과 전문의였으니 사실상 지금처럼 쫓기는 입장에서는 철저하게 보호받아야 하는 상황이었다.

그리고 정보길드를 운영하는 제인이 자신이 가진 정보를 다른 누군가가 전혀 쓸모없게 만들어 버렸으니 가만히 있을 리가 없다는 생각에 물어보자,

"제가 그걸 왜 말해야 하죠?"

역시나 진운이 원하는 정보가 뭔지 알고 있다는 듯 슬쩍 뒤로 물리면서 거래를 시작하는 제인이었다.

"…지워주지."

"…네?"

진운의 조용한 한마디에 제인이 되물어보자,

"누군지 모르지만 정보를 가지고 노는 녀석들이겠지. 당신들처럼 말이야. 그럼 당신들한테는 라이벌인 셈이고, 나한테

는 적인 셈이지 않아? 그렇다면 내가 녀석들을 대륙에서 완전히 지워 버린다는 조건이면 어때?"

"……."

제인은 순간 눈앞에 있는 남자가 과연 제정신인가 싶은 생각이 들었다.

하지만 한 번 겪어본 적이 있기에 최소한 거짓이나 하지 않을 일은 입에 담을 성격은 아니라는 것을 알고 있었다.

아니, 오히려 그래서 등에 식은땀이 흐르고 있는지도 몰랐다.

"가능하다고 생각해요? 그들은… 저희와 비교도 안 되는 자들이에요."

"…카르돈 황실인가?"

"……."

순간 제인은 자신이 실수했다는 것을 느꼈는지 입을 다물어 버렸지만 곧 한숨을 쉬더니,

"…별 수 없군요.. 황실 쪽이 맞긴 하지만 실제로 움직인 것은 검은 그림자 쪽이에요."

"…검은 그림자?"

진운은 검은 그림자라는 이름을 듣자 바로 떠오르는 것이 있었으니 바로 아이린과 만났을 때 나타난 어째신 녀석들이었다.

그때 레이나가 그들을 검은 그림자라고 부르면서 어쌔신들 중에서 가장 암살 확률이 높아 대륙에서 이름이 높다고 들은 기억이 있었던 것이다.

"네, 그들이 실제로 소문을 퍼뜨리고 움직이고 있어요. 단 며칠 사이에 전 대륙에 당신과 당신 일행의 소문이 퍼졌다는 건 상식적으로 말이 안 되니까요"

물론 제인의 말이 맞긴 했다.

하지만 어쌔신 집단이 소문을 퍼뜨린다? 뭔가 좀 이상했다.

"검은 그림자 녀석들 어쌔신 집단이라고 들었는데? 아닌가?"

"검은 그림자를 아나요?"

오히려 진운의 질문에 제인은 진운이 검은 그림자를 알고 있다는 것에 놀라워했다.

사실 귀족들 중에서도 나름 제법 오래되었거나 영향력이 있는 귀족들이나 검은 그림자를 알고 있었으니 말이다.

"아이린 덕분에 한 번 만난 적이 있지."

진운도 굳이 숨길 것이 없기에 아이린 때문에 만났다고 하자,

"아, 하긴……. 아이린 영애라면… 그 돼지가 가만히 둘 리가 없긴 하죠."

“알고 있었나?”

잘 아는 듯한 말투에 진운이 슬쩍 물어보자,

“대륙 전체의 정보까지는 다루지 않지만 귀족에 대해서는 나름 제국에서 최고라고 자부하고 있는데 모르면 말이 안 되죠.”

“하긴.”

“그보다 정말 검은 그림자를 상대할 생각은 아닌 거죠?”

슬그머니 말꼬리를 흘리는 듯한 제인의 말에 진운은 피식 웃으면서,

“당신은… 내가 얼마나 강한지 알고 있나?”

“……??”

뜬금없이 자신이 얼마나 강한지 물어보는 진운의 말에 제인은 동그랗게 눈을 뜨고는 진운을 바라보기만 했다.

사실 어떻게 들으면 정말 대단한 만용을 부리는 것처럼 들릴 수도 있는 말이지만 정보를 다루는 제인은 오히려 진운이 이런 말을 하는 것에 대한 의도를 파악하려는 듯 진운을 뚫어지게 쳐다볼 뿐이었다.

“지금 밖에 나를 노리고 몰려든 녀석들… 모두 몇 명이지?”

돌발적인 질문이었지만 제인은 1초의 생각도 하지 않고 바로,

"본래 있던 용병을 제외하면 최근에 새로 들어온 용병은
모두 578명이에요."

라고 대답하자,

"그럼 잘 보도록 해. 내가 왜 그런 말을 했는지 말이야."

그러고는 자리에서 일어서더니 그대로 제인을 지나치더니
창문을 통해 밖으로 나가 버리는 것이다.

그리고 대담하게 마을에서 가장 사람들의 왕래가 많은 곳
으로 걸어가 멈추더니 갑자기 몸 안에 마나를 끌어 올려 활성
화시켰다.

휘리리리릭!!

갑작스럽게 진운의 마나가 활성화되자 그 주변의 마나까
지 덩달아 날뛰어 마치 그의 몸에만 회오리바람이 부는 듯 흙
먼지를 일으키며 나름 멋진 등장을 연출했다.

그리고 어디서 가져왔는지 평범한 롱소드 하나를 들고 있
었다.

"……???"

"뭐야……?"

"못 보던 녀석인데?"

사람이 가장 많이 다니는 시간에, 가장 많이 다니는 공터에
갑자기 주변의 공기를 흔들면서 나타난 진운의 등장은 순식
간에 그곳의 모든 사람의 시선이 집중되는 것은 어쩌면 당연

했다.

그리고 또 한 명 그 모습을 2층 창문에서 바라보던 제인은,

"도대체 무슨 생각으로……?"

제인이 보기에 지금 진운이 하는 짓은 완전 미친 짓이었다.

사실 마스터가 강하긴 했다.

오러 블레이드에서 뿜어져 나오는 엄청난 위력과 날카로움은 갑옷이든, 검이든 앞을 가로막는 것은 무엇이든 베어 버리는 것으로 유명했으니 말이다.

특히나 진운이 죽여 버린 빌립공작이라는 녀석이 심심할 때마다 와서 오러 블레이드로 학살과 비슷한 짓을 했기에 나름 칼밥 좀 먹었다고 하는 용병이라면 오러 블레이드의 무서움을 너무나 잘 알고 있는 것이다.

하지만 제인이 지금 진운의 행동이 이해가 가지 않는 것은 바로 체력이었다.

마스터가 아무리 강하고 오러 블레이드가 날카롭고 세상에 베지 못할 것이 없다고 하지만 결국 마스터도 사람인 것이다.

특히나 몸 안에 마나를 이용해서 만들어 내는 오러 블레이드는 체력 소모가 엄청난 편이었다.

빌립공작도 스트레스 해소로 날뛰긴 했지만 결코 10분을 넘게 전장에서 날뛴 적이 없다는 것을 제인은 너무나 잘 알고

있었다.

얼핏 보면 10분이라는 시간이 너무 짧아서 과연 그게 무슨 도움이 되겠냐고 하겠지만 그게 전쟁이라는 특수상황에서는 완전히 이야기가 달라져 버리는 것이다.

무엇이든 베어 버리는 오러 블레이드를 들고 말을 탄 기사가 수백 명, 아니 수천 명이 몰려 있는 곳에서 날뛴다고 생각해 보면 1초에 네댓 명은 그냥 죽어나가는 상황이 벌어질 수밖에 없었다.

초당 서너 명의 병사가 죽는다고 생각하면 10분이라는 시간이면 웬만한 부대 정도는 가지고 논다고 해도 과언이 아니었다.

상황이 그렇다 보니 전쟁터에 마스터의 존재 유무 하나로 승패가 갈린다는 말이 나올 수밖에 없는 것이다.

그건 병력이 몰려 있는 전쟁터에서는 확실히 위력적일지 몰라도 지금처럼 마을에 모습을 드러내는 것은 상황이 달랐다.

게다가 진운의 행동은 일부러 자신에게 시선을 집중시키며 덤비라 미끼를 던지는 것이 분명했다.

제인 정도의 머리라면 진운이 어떤 의도로 저렇게 화려하게 등장했는지 정도의 의도는 파악했지만 무모하다는 것이다.

"치고 빠지는 전술에 능한 용병을 상대로 정면대결이라
니……."

전쟁터라면 무조건 돌진하는 특성 때문에 마스터가 엄청
난 위력을 발휘하지만 지금처럼 마을에서 용병을 상대로는
아무래도 진운도 고전할 수밖에 없다고 생각한 제인은 입가
로 미소가 번졌다.

"자신 만만하게 보라고 했다면 무슨 수가 있다는 건
데……. 궁금하네, 정말……."

오히려 진운의 행동 자체가 이상하게 무모하다고 머리로
는 이해를 하지만 왠지 그녀의 가슴으로는 무언가 자신의 예
상을 벗어난 것을 보여줄 듯한 기대심리가 생기기 시작했다.

슈아아앙!!!

용병이 득실거리는 마을 대로변에서 마나를 활성화해서
뭔가 시선을 확 잡아끄는 듯한 등장을 한 것도 모자라 진운의
손에 들려진 평범한 롱소드에 푸른빛의 마나가 번쩍이더니
나타난 것은 바로…….

"오, 오러 블레이드!!!"

"마스터다!!!"

"검은 머리……. 마스터 슬레이가 나타났다!!!"

백 마디 말보다 검은색 머리카락과 오러 블레이드만 보여
줘도 광고 효과는 정말 대단했다. 순식간에 마을이 요란 법석

을 떨더니, 조금 뒤 주변에는 정막이 감돌 만큼 고요해져 버렸다.

"……."

진운은 슬쩍 고개를 돌려 주변을 살펴보니 어디에 있었는지 모를 용병이 수백 명이 몰려들어 진운은 완전히 둘러싸 버렸다.

그 외 보통 사람들은 모두 집 안으로 들어가 버렸는지 용병들 외에는 눈에 띄지 않았다.

스윽.

수백 명의 용병에게 둘러쌓인 진운의 모습은 누가 봐도 순식간에 용병들이 들고 있는 수많은 칼날에 고깃조각이 될 것처럼 보였다.

하지만 진운은 손을 들더니 손가락 하나를 내밀어 천천히,

"하나, 둘, 셋, 넷, 다섯……."

자신을 둘러싸고 있는 용병의 머릿수를 세기 시작했다.

"…뭐하는 거지?"

용병들도 당연히 이정도 용병들이 몰려들면 조금은 주눅이 들 줄 알았는데 오히려 숫자를 세는 모습에 조금 이상하다는 생각을 하기 시작했다.

뭐 그러거나 말거나 진운은 천천히 느긋하게 용병들 머릿수만 세는 것에 집중하고 있는 중이었다.

그리고

"삼백하나… 삼백둘……."

300명의 숫자가 넘어갈 때쯤(?) 건물 위쪽을 향해 손가락질을 했는데 놀랍게도 건물 지붕에 석궁을 겨누고 있는 녀석들도 어림잡아 100명은 넘어보였던 것이다.

상황이 이 정도면 아무리 마스터라고 해도 사실상 미친 짓이나 마찬가지였다.

마스터도 결국 사람이었고, 칼에 찔리면 다치고, 화살이 심장을 관통하면 죽는 것은 다를 바가 없었으니 말이다.

다만 마나의 힘으로 빠르고 강했기에 쉽게 당하진 않겠지만 이 정도로 집중공격을 받는다면 용병들에게도 승산이 충분했다.

막말로 눈먼 검이나 화살에 다치기라도 한다면 아무리 마스터라고 해도 죽는 건 시간문제였으니 말이다.

일 대 다수의 싸움은 말 그대로 얼마나 체력을 유지하느냐, 그리고 얼마나 자신이 다치지 않고 싸우느냐 하는 것이 가장 중요한 점이었다.

간단한 예로 밀림의 제왕이라는 호랑이도 자신이 다칠 것 같은 싸움은 피했다.

왜냐하면 상처뿐인 영광은 결국 자신의 죽음과 연결된다는 것을 본능적으로 알기 때문이었다.

그만큼 아무리 밀림의 제왕이라는 호랑이조차도 다치는 것을 꺼리는 게 바로 본능인데 진운의 지금 행동은 완전 반대인 것이다.

"설마… 이곳에 모인 우리들 숫자를 정말 다 세고 있었던 거야?"

"저런 미친놈을 봤나."

용병들도 설마 정말로 용병들 머릿수를 세고 있을 줄은 몰랐다는 듯 말하면서도 지금 당장 자신들에게 달려들어 하나라도 죽여야 될 판에 느긋하게 숫자 세기나 하고 있는 진운의 행동이 기가 막히기 시작했다.

그러거나 말거나 진운은 정확하게 503명까지 숫자를 중얼거리고 나서야 손가락이 다시 아래로 내려왔다.

제인의 말보다 숫자가 적은 것을 보면 그사이에 빠져나간 용병이 제법 있는 듯했다.

물론 그렇게 나간 녀석들까지 뒤쫓을 생각은 없으니 말이다.

그런데 지금 진운이 왜 이렇게 자신만만할까?

사실 제인이 걱정할 만큼 아무리 진운이 마스터에 마나의 적응을 끝냈다고 하지만 결국 죽는 건 똑같았다.

더 잘 피하고, 더 빠르고, 더 강할 뿐이지, 결국 살아 있는 인간의 몸은 변함이 없다는 것이다.

　그런데 지금 진운을 둘러싼 용병들도 그걸 모를까? 아니, 오히려 더 잘 알고 있었다.

　오러 블레이드를 보고서도 별다르게 주눅 들지 않는 어처구니없는 모습이 그 증거라 할 수 있었다.

　게다가 진운이 빌립공작을 죽여 버린 것이 또 한몫했다.

　사실 진운이 빌립공작을 죽이기 전까지는 마스터는 죽지 않는 불사신, 또는 절대로 죽일 수 없는 존재라는 생각의 거의 불변의 법칙처럼 사람들에게 전해져 내려왔었다.

　사실 전쟁 중이라도 겨우 10~30분 정도 전장을 휘젓고 사라지는 것이 대부분인 마스터를 딱히 일반 병사들이 어떻게 해볼 수 없는 것은 당연했다.

　또한 전술적으로 정말 중요할 때 외에는 나서지 않는 마스터였기에 신비감이랄까?

　눈에 잘 보이지 않지만 공포감이 자리 잡으면서 마스터라면 반신에 가까운 존재로 대륙의 사람들 뇌리에 박혀 버린 것이다.

　그렇기에 마스터를 보유하고 있다는 것 하나만으로도 전쟁 억지력을 발휘할 수 있었던 것이고 말이다.

　하지만 이번에 빌립공작이 죽어버리는 바람에 사람들의 인식이 바뀌는 계기가 되어버렸다.

　"죽일 수 있다."

"목이 잘리면 죽는다. 심장이 찔리면 죽는구나."

"마스터도 결국 사람이었다."

라는 식으로 말이다.

특히나 마스터가 전장이나 적으로 나타나는 것을 천재지변에 가까울 만큼 커다란 재앙으로 생각하던 용병들에게는 그 효과가 빠르게 퍼져 나간 것이다.

물론 마스터를 상대로 정면대결은 어림도 없는 것은 당연했다.

하지만 단체로 덤벼서 누군가의 눈먼 칼에 베이거나 찔리기라도 한다면 한낱 용병 주제라 해도 마스터를 죽일 수도 있다는 생각이 퍼진 것이다.

그 결과 이렇게 많은 용병들이 대륙 곳곳에서 몰려든 셈이고.

그리고는 서로 암묵적으로 진운의 몸에 칼을 찔러 넣는 녀석이 마스터를 죽였다는 명예를 가져가기로 약속하게 되었다.

서로 얼굴도 모르고, 처음 보는 사이였지만 필요에 의해 얼마든지 뭉칠 수 있는 용병의 특성이 이번 기회에 잘 드러난 것이긴 했다.

그런데 아직 용병들은 가장 핵심적인 것을 전혀 모르는 것이 있었는데, 진운이 이렇게까지 자신만만한 이유였다.

"나를 빌럽이라는 녀석과 비교하면 섭섭하지. 마스터 스킬을 나에게 가르친 레이나에게 더더욱 실례가 되거든. 크크큭……."

진운이 빌럽공작과 대결에서 가장 실망한 이유, 그리고 이렇게까지 자신만만한 이유는 바로 마스터에게 가장 필요한 것이 빌럽공작에게는 없었고, 진운에게는 있기 때문이었다.

"마스터 스킬 제2식. 살(殺)."

슈아아아아아악!!!

그저 가만히 있던 진운의 몸에서 무언가 터져 나간다는 느낌이 드는 순간 보이지 않는 칼날이 진운을 중심으로 사방으로 퍼져 나가기 시작했다.

"헉……. 뭐, 뭐야… 이건……."

딱딱딱딱딱!!!

오들오들… 오들오들…….

"뭐, 뭐야, 이건……. 갑자기 왜 이리 추워……. 손이… 떨려……."

진운이 마스터 스킬을 본격적으로 사용하자마자 벌어진 광경이었다.

용병들에게는 진운의 바로 머리위에서 마을조차 베어버릴 만큼 커다란 검은 형체의 사신이 낫을 휘두르려고 하는 형상이 보이고 있었다.

한마디로 헛것이 보인다는 것인데 진운에게 가까울수록 검은 사신의 형체가 진하고 사실적으로 보인 것이다.

그러다 보니 몸에서 폭발적으로 뿜어져 나오는 살기를 견디기 힘든지 온몸을 떨어대는 녀석들이 속출하더니,

챙그랑!!

탱, 탱그랑.

급기야 살기에 눌려 온몸에 힘이 빠지고 떨리는 손을 제어하지 못한 채 자신의 목숨과 같은 무기를 땅바닥에 떨어뜨리는 녀석들이 나타나기 시작한 것이다.

"으아아아악!!!"

"난 살고 싶어!!!"

"죽는다, 난 죽는다!!!"

갑작스럽게 용병 하나로부터 터져 나온 비명과 함께 진운은 둘러싸고 있던 용병들이 걸음아 나 살려라 하고 도망치기 시작했다.

타타타타탁!!!

"난 죽고 싶지 않아!!!"

마치 자신이 죽는 모습을 보고 온 듯 공포에 질린 얼굴로 기어서 도망가는 녀석부터 앞에 녀석이 느리면 발로 차서 밟고 넘어가는 녀석들까지, 완전 아비규환도 이런 아비규환이 없었다.

그렇게 미친 듯이 도망치던 용병들이 썰물 빠져나가듯 순식간에 사라져 버렸다.

그리고 진운이 슬쩍 눈동자를 주변의 건물 옥상을 한번 쳐다보자,

"으악!!!"

미끌~

우당탕탕탕~ 쾅~

지붕 위에서 화살로 기회만 노리던 녀석들은 위치 때문에 도망가지도 못하고 억지로 진운의 살기에서 버티고 있었다.

그러다 진운과 눈이 마주치자 결국 멘탈 붕괴가 오면서 동시 다발적으로 발을 헛디디더니 그대로 땅으로 떨어져 버렸다.

그중에 재수없게 떨어지면서 죽은 녀석도 있었고, 살아남은 녀석들도 있지만 자신이 2층 높이에서 떨어졌다는 것도 잊은 듯 그길로 꽁무니가 빠져라 도망쳐 버리는 녀석들이 대부분이었다.

휘이이잉~

순식간에 마을을 가득 채우던 용병 수백 명이 마을 밖으로 사라져 버렸다.

그 모습을 창문에서 지켜보던 제인도 할 말을 잃어버리고는,

"말도 안 돼. 어떻게… 저게… 가능해……?"

진운은 아무것도 하지 않고 그저 용병들을 노려봤을 뿐이었다.

그런데 진운이 노려본 녀석들은 하나같이 죽음을 느꼈는지 공포에 질린 얼굴로 도망가 버린 것이다.

사실 진운이 마스터 스킬을 사용했다는 것을 제인이 알지 못했기에 이렇게 놀라는 것은 너무나 당연한 결과였다.

대륙의 마스터가 다섯 명, 아니, 이제 네 명이 있다고 하지만 세월이 흐르면서 마스터의 존재가 정치적인 의미가 커져 왔다.

그렇다 보니 당연히 마스터의 능력이 떨어지는 것은 어쩌면 시대의 흐름에 어쩔 수 없는 상황이긴 했다.

특히나 진운이 사용하는 마스터 스킬은 만들어진 이유가 바로 드래곤을 죽이기 위해서 만들어진 기술이었다.

하지만 이미 드래곤의 지배가 끝난 지 몇백 년이 흘러버리면서 자연스럽게 마스터 스킬은 사라져 버린 것이다.

오러 블레이드만 만들어내도 마스터로 주위에서 떠받들어 주고 마치 신이라도 된 듯 모든 것이 마음먹은 대로 되는데 굳이 마스터 스킬을 익힐 필요가 없었던 것이다.

특히나 마스터 스킬은 드래곤을 상대로 만들어진 기술이다 보니 너무나 강력한 파괴력 때문에 딱히 쓸데가 없다는 것도 한 가지 이유이긴 했다.

전쟁 중에 병사들을 상대로 드래곤 잡는 스킬을 쓴다는 것
은 너무나 바보 같은 짓이었다.

무엇보다도 마스터 스킬은 사용자에 따라 그 효율성이 극
명하게 나눠지는 편이기에 같은 마스터가 사용하더라도 효과
가 미비한 경우가 대부분이었던 것이다.

그러다 보니 대륙에서 마스터 스킬이 사라져 버렸다.

하지만 레이나는 엘프였고 엘프들의 평균 수명이 길기도
하지만 엘프들은 자신들만의 역사를 기록해 왔기에 대륙의
인간들에게서는 사라진 마스터 스킬이 그대로 이어져 왔었던
것이다.

그리고 그것이 진운에게 그대로 이어졌다.

사실상 대륙의 마스터가 마스터라고 하지만 진운이 보기
에는 그저 오러 블레이드를 다룰 줄 아는 일반 기사와 전혀
다를 바가 없었다.

빌립공작을 상대하면서 진운은 그것을 느꼈고, 최후까지
마스터 스킬을 쓰지 않았던 빌립공작의 모습에서 마스터 스
킬을 쓰지 않는 것이 아니라, 쓰지 못하는 것이라고 정확하게
판단했었다.

그 옛날 드래곤을 상대로 싸웠던 마스터가 반신에 가까운
칭송을 받았던 것은 모두 마스터에 오르는 것으로 끝이 아니

라 마스터에 오른 뒤에 배우는 마스터 스킬의 위력 때문인 것을 현재 아는 이가 없었다.

"마스터 스킬을 모르는 마스터는 견습 기사나 마찬가지지."

마스터 스킬을 진운이 몸으로 익혀본 진운은 너무나 잘 알고 있었다.

스킬이 있고 없고의 차이가 얼마나 나는지 말이다.

같은 마나를 사용하는 것이라도 스킬을 사용함으로 몇십 배, 또는 몇백 배의 위력이 달라지는 것을 현재 대륙의 마스터들은 모르고 있다는 게 나름 안타까우면서도 진운에게는 천만 다행이기도 했다.

거기다 바벨의 탑에서 죽음의 공포를 상대로 싸웠던 진운의 살기는 그저 먹고살기 위해 칼을 들고 설치던 용병들이 견디기에는 너무나 강했다.

그 증거로 지금 진운이 서 있는 공터에 남은 사람은 진운과 진운의 정면에서 100미터 정도 떨어진 곳이지만 온몸을 사시나무 떨듯 떨면서도 녹슬은 창대에 기대어 홀로 버티고 있는 소년 하나가 전부였으니 말이다.

"의외군."

진운도 살기를 하나의 공격용으로 사용하는 마스터 스킬 2식 살(殺)을 받고도 버티고 서 있는 녀석이 있다는 것에 조

금 의외라는 생각과 함께,

저벅저벅.

천천히 걸어서 다가갔다.

"히끅~ …히끅~"

진운이 천천히 걸어서 자신에게 다가오자 용병 소년은 놀랐는지 딸국질을 시작하더니,

탁!

들고 있던 창대를 그대로 놓쳐 버리고 말았다.

저벅. 저벅. 저벅.

말이 백여 미터 거리였지 진운의 걸음이 빠르지도 않지만 용병 소년에게는 마치 축지법으로 날아오는 것처럼 느껴졌고 순식간에 진운과 마주서게 되자,

"히끅… 딸꾹……."

부들부들… 부들부들…….

그나마 창대에 기대어 버티던 용병 소년은 창대마자 놓쳐 버린 상황에 무릎에 애써 힘을 주고 버티는 듯했다.

그러나 손을 뻗으면 닿을 거리에 진운과 마주하자,

털썩.

주저 앉아버리고 말았다.

주르륵.

거기다 주저앉자마자 사타구니에서 미지근한 것이 흘러나

와 땅을 적시는 데 진운은 그 모습에 한숨을 내쉬더니,

"여자애가 왜 이런 곳에 있는 거지?"

흠칫!!

용병 소년, 아니, 용병 소녀는 진운의 말에 어깨를 가늘게 떨면서 딸꾹질까지 멈춰 버렸다.

지금까지 자신이 여자라는 것을 아무도 알지 못했는데 진운은 한눈에 알아봐 놀랐다.

하지만 어차피 진운에게 성별을 속이는 것은 거의 불가능이나 마찬가지였다.

마나의 향기와 느낌만으로도 어떤 성격에, 상대가 거짓말을 하는지 조차도 감별해내는 진운에게는 말이다.

거기다 딱 봐도 이제 겨우 십오륙 세 정도로 보이는 것이 딱 아이린과 비슷한 나이대로 보였다.

"살… 려주… 세요……."

더 이상 진운의 몸에서는 살기는 뿜어져 나오진 않고 있었지만, 최초 진운이 뿜어낸 살기에 너무나 강한 공포를 느껴 몸이 진운만 봐도 저절로 과민반응하고 있는 중이었다.

자라보고 놀란 가슴 솥뚜껑 보고 놀란다는 말이 있듯이 진운과 마주하고 있는 것만으로도 조금 전에 느꼈던 살기가 몸을 죄어오는 것 같은 착각에 빠져 버린 것이다.

스르륵.

진운은 슬그머니 다리를 웅크리더니 앉아 있는 남장한 소녀와 눈높이를 맞추고는 가만히 눈동자를 쳐다보더니,

"…노예로군."

"……!!!"

이미 공포에 질려 마음이 완전히 풀려 있는 소녀의 생각을 읽는 것쯤은 이제 일도 아닌 진운이었기에 단번에 알아차린 것이다.

그리고 어째서 여자애가 용병 차림에 남자 행세를 하면서 있었는지 충분히 이해가 되었다.

이곳에 진운을 상대하기 위해 왔던 어떤 용병의 노예였던 것이다.

물론 용병도 자신의 노예가 여자애라는 것을 몰랐던 듯했다.

알았다면 이렇게 전장에 데리고 다니지 않고 성노예로 썼을 테니 말이다.

어떻게 여자란 것을 들키지 않았는지 모르지만 그건 진운이 굳이 상환할 바가 아니었고, 딱히 여자애를 죽일 생각도 없었다.

"가라."

진운은 그 한마디만 남기고 몸을 일으켜 천천히 마을 밖으로 나가는 입구 쪽에 다 왔을 무렵 슬쩍 고개를 돌렸다.

아직도 자신을 쳐다보고 있는 제인을 향해 한번 쳐다보고
는,

씨익~

웃어버리고는 그대로 마을 밖으로 나가 버렸다.

한편 그렇게 진운이 나가는 모습까지 모두 두 눈으로 똑똑
히 지켜본 제인은 진운이 시야에서 완전히 멀어져 더 이상 눈
으로 찾을 수도 없을 만큼 멀리 가버리고 나자,

털썩~

주저 앉아버리고는 잠시 조금 전에 있었던 일을 생각하자,

오싹~!

약간 더운 편인 오늘 날씨에도 마치 한겨울 눈 속에 있는
것처럼 온몸에 털이 곤두서는 것을 느낄 수가 있었다.

그리고 자연적으로 나오는 말이,

"…정말 사람이 맞아……?"

라는 말이었다.

사실 제인은 오러 블레이드를 이용해서 용병을 모두 죽여
버렸다면 그나마 수긍했을 것이다.

마스터란 본래 그 정도 능력은 있으니 말이다.

뭐 오러 블레이드가 유지 시간은 개인차가 크다고 하지만
일단 오러 블레이드 앞을 막아설 수 있는 것은 같은 오러 블
레이드 외에는 없다고 알려졌다.

제인이 생각한 시나리오는 마을 공터가 피바다가 되는 것이었고, 그것 외에는 딱히 방법이 없어 보였던 것이다.

하지만 그런 제인의 예상을 비웃기라도 하듯 진운은 엄청난 능력으로 몇백 명이나 되는 용병을 모두 꽁지 빠지게 도망치게 만들어 버렸다.

게다가 진운이 살기를 조정해서 그런지 크게 느껴지진 않았지만 제인도 정보길드의 수장답게 살기에는 제법 민감한 편이라 간접적으로나마 느낄 수가 있었다.

진운이 사라지고 나서야 뒤늦게 정말 진운이 얼마나 무서운 사람인지 아주 조금은 느껴볼 수 있었다.

그런데 그런 오한이 드는 것도 잠시, 곧 제인의 입가에 미소가 번지기 시작했다.

"후후훗, 검은 그림자……. 대륙에서 사라지는 날이 멀지 않았구나."

제인과 제린이 운영하는 정보길드가 제국에서 나름 알아주고 대륙의 정보를 쥐고 흔든다고 하지만 경쟁자가 없는 것은 아니었다.

특히나 오랜 역사를 자랑하는 검은 그림자 같은 경우는 어쌔신 집단이면서도 그동안 의뢰를 받으면서 모아온 정보의 양은 제인이 생각한 것 이상으로 많았다.

특히나 어쌔신은 정보를 모으기에도 확실히 좋은 녀석들

이었고, 암살의뢰를 수행할 때도 나름 정보를 가지고 있는 게 당연하다시피 하다 보니 검은 그림자 녀석들의 정보력도 절대로 무시할 수 없었다.

조금 목적이 뒤바뀌어 있지만, 순수하게 정보만 취급하는 제인과 달리 검은 그림자가 정보는 모으는 것은 암살 의뢰를 수행하기 위해서였다.

암살을 위해서 정보를 모으던 게 어쩌다 보니 정보길드로서도 대륙에서 알아주는 편이 된 것이다.

"나야 뭐. 손 안 대고 코푸는 격이니 후후후훗."

제인으로써도 딱히 나쁠 게 없었다.

검은 그림자 녀석들 때문에 그동안 고생한 것을 생각하면 지금도 이가 갈렸으니 말이다.

특히 정보를 취급하는 특성상 같은 업종에 종사하는 자들은 절대로 동지가 될 수 없었기에 제인은 느긋하게 기다리기만 하면 되는 것이다.

이렇게 제인이 느긋하게 머릿속에서 잔머리를 굴리는 사이 진운이 완전히 떠났다는 것을 알게 된 마을사람들이 하나 둘 집 안에서 모습을 드러내기 시작하는데,

끼이익.

"갔나?"

"…갔나봐. 마스터라는… 분이 이 정도였다니."

“말도 마. 손가락으로 하나씩 지목하기만 해도 도망가는 꼴을 직접 봤잖아.”

마을 사람들은 집 안에서 숨어서 보다 보니 진운이 마스터 스킬 중 살(殺)이라는 스킬을 쓴 것을 전혀 모르고 그저 손가락으로 용병들을 세어보던 모습이 기억에 남아 있었다.

그리고 건너뛰고 갑자기 도망가는 모습을 보다보니 자연스럽게 진운이 손가락질하자 겁나서 수백 명의 용병이 도망갔다는 쪽으로 이야기가 흘러 버렸다.

물론 이게 조금은 엉뚱한 소문이긴 하지만 문제는 이걸 본 사람이 너무 많았다는 것이다.

그러다 보니 대륙에는 또 다른 소문이 퍼지게 되었다.

마스터 슬레이가 손가락질하자 수천 명의 용병이 오줌 싸면서 걸음아~ 나 살려라 하고 도망갔다는 소문이 퍼지게 된 것이다.

그리고 조금은 웃기게도 진운이 가장 처음으로 마스터 슬레이로서의 능력을 보여준 곳이라는 유명세를 떨치게 된 마을은 용병들과 사람들이 꼭 여행 중 지나가는 관광지가 되어 버렸다는 사실이다.

특히나 마지막에 진운과 마주했다 주저앉으면서 오줌을 쌌던 노예 소녀가 앉았던 곳은 울타리까지 쳐서 증거로 삼을 정도였다.

그런데 이상하게도 그 누구도 진운과 마지막으로 이야기를 나눴던 노예 소녀를 더 이상 본 사람이 없다는 것이다.

마치 진운을 따라간 것처럼 진운이 사라지자 노예 소녀도 사라져 버렸다.

Chapter 06
거래란 ?

"아, 결국 엘프 마을로 향해서 움직였다는 말인데……."

진운은 마을에서 그 난리를 쳐놓고 유유자적하게 길을 걸으면서 제인이 넘겨준 쪽지를 다시 살펴봤지만 그곳에 쓰인 것은,

─무슨 일이 생겼다고 생각해서 우선 떠나기로 했어. 쪽지는 내 예상이 맞다면 정보길드 쪽에 남겨두는 게 가장 안전하다고 생각했기에 그랬으니 메모를 보면 최소한 인사는 해두도록 해. 진운의 성격상 그런 인사치레는 안할 테니까 말이야.

　그리고 진운의 소문이 너무 퍼져 버리고, 소지훈 씨의 가족까지 대륙에 소문이 퍼져서 어쩔 수 없이 샤프란 왕국으로 이동할 생각이야. 혹시라도 내 글을 보면 와줘. 가능하면 빨리……

　꾸우욱.
　진운은 메모를 다시 읽어보고는 힘껏 움켜쥐자,
　화르르륵!!
　곧 진운의 손바닥 안에서 푸른 불꽃에 피어오르더니 메모지는 하얀 재만 남기고 사라져 버렸다.
　"샤프란 왕국이라……."
　샤프란 왕국이 어딘지는 이미 한번 들어본 적이 있었다.
　레이나가 살고 있는 엘프의 숲을 가기 위해서는 필수적으로 지나가야 하는 곳이 바로 샤프란 왕국이었으니 말이다.
　다만 거의 북쪽 끝에 있다는 것과 진운은 길을 전혀 모른다는 것이 문제라면 문제이긴 했다.
　"북쪽이면 그냥 이쪽으로 계속 걸어가면 되는 건가?"
　전에 본을 찾으러 갈 때 이곳 대륙도 지구와 비슷한 방위를 가지고 있다는 것을 알고 있었다.
　진운은 해가 지는 곳을 기억하고 있다가 그쪽을 정면으로 보고 오른쪽이 북쪽이라는 것을 알기에 우선 무작정 북쪽으로 보이는 곳으로 향해 방향을 잡고는,

흐읍!!!

몸 안에 마나를 활성화 시키면서 다리에 활성화된 마나를 집중하자,

텅!!

마치 땅 위에 커다란 쇠구슬이 떨어진 것과 같은 굉음이 한 번 울렸다.

그러곤 진운의 몸이 사라져 버렸다고 착각하는 순간 이미 진운은 나무 꼭대기에 올라와 있었고,

싸뿐~

손가락만큼 가는 나뭇가지 위에 올라앉아 섰다가 다시 한 번 정확하게 방향을 확인하고는 몸을 살짝 숙이는가 싶더니,

팡!!

마치 공기를 찢어발기는 듯한 파공성을 남기면서 사라져 버렸다.

하지만 한 시간도 달리지 못하고 멈춰야만 했는데,

"…아……. 깜빡했다."

한 시간가량 신나게 달렸을 무렵 갑자기 지운의 머리에 떠오른 것이 있었다.

예전에 처음 이곳 대륙으로 넘어왔을 무렵, 레이나가 대충 그리긴 했지만 대륙의 지도를 한 번 그려준 적이 있었다.

그때 본 것이 맞는다면 이대로 일직선으로 북쪽으로 향할

경우 워낙에 넓은 아르돈 제국의 땅 북쪽 끝으로 갈 뿐이었다.

거기다 이렇게 무작정 가다가 오히려 일행보다 먼저 가버리면서 지나치기라도 한다면 그것도 문제였던 것이다.

레이나가 있고 그래도 검 좀 쓴다는 본이 있긴 하지만, 진운과 연관되면서 이미 대륙에 모두 알려진 일행이었다.

돈에 미친놈들이 죽자고 덤비면 사실 한계가 있는 것도 사실이었다.

특히나 아이린의 경우 노리는 인간이 너무 많았다.

당연히 이런 상황들을 레이나가 모를 리가 없으니 그 깐깐하고 논리적인 그녀가 메모지에 빨리 와 달라고 괜히 남겼을 리가 없으니 말이다.

너무 빨리 가도 안 되고, 그렇다고 이대로 길도 모른 체 걸어가는 것도 문제였다.

사실 진운도 모르고 있지만 대륙은 지구와 달리 하나의 연결된 땅이 거대한 대륙을 이루고 있다.

그렇다 보니 아무리 진운이 날다 긴다 하더라도 샤프란 왕국에 제대로 도착할 수 있을지 걱정될 만큼 땅덩어리가 컸다.

그런 지금 상황에서 일행을 찾는다는 것은 모래사장에서 바늘 찾는 것보다 더 어렵다고 해도 딱히 틀린 말이 아니었다.

결국 진운은 멈추고 잠시 생각했지만,

"아, 결국 그것뿐인가……?"

아무리 생각해 봐도 누군가의 도움이 절실히 필요했고, 그 도움을 줄 수 있는 사람은 진운도 웬만하면 연관되고 싶지 않은 정보길드의 제인뿐이었다.

"…그냥 지도 하나 달라고 하지 뭐."

자세한 설명을 알아달라고 하는 것은 오히려 제인에게 자신의 일행의 흔적을 남기는 것과 마찬가지였기에 아주 짧고 간단하게 지도 한 장만 얻어서 오기로 했다.

대륙 전체지도 정도라면 아무리 머리 좋은 제인이라도 눈치채지 못할 것 같았기에 정말 별수없이 지도 한 장만 얻기로 하고는 그길로 곧바로 다시 마을로 방향을 틀어버렸다.

*　　*　　*

"뭐 필요한 거라도 있어요?"

조용히 진운이 제인의 눈앞에 나타났는데도 오히려 그럴 줄 알았다는 듯 제인은 여유있는 모습으로 진운을 맞이했다.

"내가 올 줄 알았나?"

"뭐, 어느 정도는요."

"……"

제인의 여유있는 말투만 봐도 이미 진운이 다시 올 것을 높은 확률로 예상하고 있었다는 것만은 확실한 모습이었다.

그리고 그런 제인의 모습을 보고 있자면 이래서 머리 좋은 여자는 피곤하다는 말이 나왔지 않을까? 하는 생각이 문득 들었다.

우선 제인만 봐도 몇 마디 대화하는 것뿐이지만 은근히 피곤이 몰려오는 것을 느낄 수 있으니 말이다.

그런데 가만히 생각해 보면 진운의 주변에는 사실 딱히 머리가 나쁘다는 여자가 없다는 것이 조금은 아이러니했다.

레이나는 엘프에 마법사였고, 아이린도 나이에 맞지 않을 만큼 천재적인 머리를 가지고 있고, 김미영도 외과의사니 절대로 머리 나쁜 여자는 아닌 것이다.

아니, 오히려 천재 아니면 똑똑한 여자가 전부였다.

"그럼 내가 워하는 것이 뭔지 알고 있다는 말이군."

진운은 딱히 이대로 대화를 이어가는 것보다 대충 눈치껏 준비했으면 달라는 식으로 말하자,

"이걸 찾아온 거죠?"

제인의 품에서 나온 것은 역시나 대륙의 지도였다.

그것도 대충 발로 그린 듯한 엉망진창의 지도가 아니라 마치 옛날 조선시대 지도를 보는 것처럼 약간 엉성하긴 했지만

지금까지 진운이 본 그 어떤 지도보다 정밀한 대륙의 지도였다.

그리고 지도를 넘겨주던 제인은 말했다.

"한 가지만 명심하세요, 대륙법에는 지금 제가 넘겨준 대륙의 모습이 모두 그려져 있는 전체 지도를 개인이 가지고 있는 것은 반역죄에 해당해요."

"반역?"

진운은 지도 한 장 가지고 있다고 무슨 반역이냐는 투로 물어보자 오히려 제인이 황당하다는 표정으로,

"지금 제가 준건 군사지도예요. 제국에서도 공작 이하는 소장하는 것 자체가 금지되어 있는 거란 말이에요. 그리고 대륙전체가 그려진 지도는 나중에 여러 가지 문젯거리가 많기 때문에 옛날부터 금지되어 있어요."

"……"

한때 과거 조선시대에도 지도는 적군이 쳐들어 올 때 길을 알려주는 안내서 같은 역할을 한다는 짧은 생각으로 지도자체를 금지한 적이 있긴 했다.

물론 그렇게 폐쇄적인 정치를 한 결과 임진왜란 때 최단기간에 한양이 점령당하면서 완전 초전 박살이 난 역사를 기록하고 말았지만 말이다.

"위에 물이 썩었군."

지운은 그냥 조선시대가 생각나서 그 당시 자기 개인만 생각하고 파벌만 생각하던 썩은 머리를 가진 녀석들이 생각나서 한마디 하자,

"네? 썩은 물… 이라니……?"

순간 제인은 진운이 한말을 이해하지 못한 듯했다.

"아니야, 그럼 이만."

진운이 지도를 받았으니 다시 돌아가려고 몸을 돌리자,

"잠깐!"

"……?"

사라지려는 진운을 불러 세운 제인은 허리춤에 손을 가져다 대더니,

"공짜로 가져가려구요? 그거 군사지도예요 군사지도~!"

마치 엄청 귀한 거라는 것을 강조했다.

그런 제인을 바라보는 진운이 던진,

"그게 뭐?"

"……."

라는 무성의한 대답의 끝을 보여주는 한마디에 할 말을 잃어버린 제인이었다.

지도가 흔하디흔한 지구에서 살던 진운에게 제인이 아무리 지도가 중요하고 엄청 귀중한 것이라고 어필해 봐야 씨알도 먹힐 턱이 없었다.

"거래해요 그 지도 넘기는 조건으로 말이죠."

"거래?"

틈만 보이면 어떻게든지 물고 늘어지려는 제인의 모습에 진운은 오히려,

씨익~

웃더니, 지도를 한번 쓰윽 훑어보기 시작했다.

"뭐해요?"

돌연 진운이 지도를 보는 모습에 물러봤지만 대답없이 잠시 동안 지도를 유심히 바라보던 진운은 다시 처음 넘겨받은 그대로 접더니,

"받아."

라고 하면서 제인에게 다시 넘겨줘 버렸다.

"……??? 이거… 무슨 뜻이에요?"

지도를 다시 순순히 넘겨주는 진운의 행동에 제인이 물어보자,

"다 외웠으니 더 이상 필요없어."

그러면서 얄밉게 입가에 미소를 지어 보이자,

"…군사지도를 단 몇 초 만에 훑어보고는 외웠다구요?"

지도를 보고 한 번에 다 외운다는 것은 사실상 거의 불가능했다.

인간의 기억력이란 게 아무래도 한계가 있으니 말이다.

하지만 진운에게는 어차피 뇌가 모두 깨어 있었기에 마치 사진을 찍듯 유심히 집중해서 보면 선명하게 기억할 수 있는 능력이 있기에 얼마든지 가능했다.

"그건 내가 걱정할 문제지, 안 그래?"

"……."

지도로 뭔가 진운에게 얻어낼 것을 기대했던 제인은 마치 뒤통수를 한 대 맞은 듯한 표정으로 멍하지 진운을 바라보다가,

"그럼 다른 걸로 거래해요!"

라고 하면서 먼저 꼬리를 내리면서 성급한 마음 때문에 무리수를 두고야 말았다.

거래란 본래 동등한 입장에서 해야 되는 법인데, 지도라는 회심의 카드가 진운에게 아무 소용이 없자 결국 제인도 조바심이 생기면서 스스로 무너지고 만 것이다.

하지만 그러거나 말거나 진운은 웃으면서,

"내가 그쪽에 필요한 게 없으니, 받을 것도 없지 안 그래?"

"…그, 그걸 어떻게 알아요? 다른 건 몰라도 대륙의 정보는 손에 쥐고 있단 말이에요."

"그럼 지금 내 일행이 어디에 있지?"

"……."

무리수에 억지까지 부리던 제인은 진운의 일행의 위치를 묻는 한마디에 입을 다물어 버리고야 말았다.

현재 진운이 찾는 일행의 행방은 그 누구도 모르고 있었으니 말이다.

사실 누군가가 찾았다면 벌써 대륙에 소문이 퍼지고야 남았을 것이고, 그럼 당연히 제인의 귀에 들어왔어야만 했는데 아직 그 어떤 소문도 들은 적이 없으니 말이다.

거기다 제인은 레이나가 떠나는 것도 하루 뒤에 알았을 정도로 아주 조용하면서도 은밀하게 사라져 버렸다.

"거래란… 서로 필요한 게 있어야 하는 법이지. 난 줄 것이 있지만… 받을 게 없는 거래는 안 해."

그렇게 속삭이듯 제인의 귓가에 한마디 남기고는 조용히 그림자 속으로 숨어들 듯 제인의 눈앞에서 사라져 버린 진운이었다.

"…하아……. 도무지 틈이 없어, 틈이. 저런 남자는 정말 평생 처음 보네."

제인은 진운의 마지막까지 빈틈이 없는 모습에 한숨을 쉬다가 문득 손이 허전하다는 것을 느끼고는 시선을 아래로 돌렸다.

그리고 조금 전까지만 해도 손에 쥐고 있던 지도가 사라졌다는 것을 뒤늦게 깨달았다.

“…이 도둑놈……!!!”

정말 마지막까지 뒤통수를 맞기만 한 제인은 결국 야밤에 마을이 떠나가라 큰소리로 진운을 향해 욕을 하다가 제풀에 지쳐 버렸다.

Chapter 07
리엘

"후후후훗, 뭐 생각보다 좀 맹한 여자였어."

진운은 손에 지도를 슬쩍 살펴보고는 잘 접어서 주머니에 넣어버렸다.

사실 지도를 외우긴 했다.

하지만 이왕이면 지도가 있는 게 더 확실하지 않겠는가?

굳이 눈앞에 지도가 있는데 두고 간다는 것은 바보 같은 짓이라는 생각을 했다.

결국 마지막에 제인에게 말로서 신경을 집중시키고는 조용히 제인의 손에서 지도를 빼내 그대로 사라져 버렸던 것이다.

물론 진운이 마을 밖으로 나갔을 때 멀리서 제인이 욕하는 소리를 듣긴 했지만.

"검은 그림자 녀석들을 처리하는 대가치고는 싼 편이지만… 뭐, 상관없겠지."

진운 나름대로 공짜가 아니라 검은 그림자를 처리하는 대가쯤으로 생각하기로 한 것이다.

앉아서 코푸는 격인 제인의 입장에서는 물론 지도 한 장이 대가라면 아주 싸게 먹힌 것일 터였다.

하지만 정작 제인 본인은 진운에게 뒤통수 맞은 것도 모자라 소매치기까지 당했다는 생각에 분노를 억지로 삭이고 있을 것이 분명했다.

뭐 그러거나 말거나 딱히 진운이 정보길드에 신세지고 싶은 생각도 없고, 연관되고 싶은 생각도 없었기에 '혼자 실컷 떠들어라 나는 내 갈 길 간다~' 라는 식이었다.

그런데 제인의 뒤통수를 한 방 먹이고 기분 좋게 길을 가던 진운은 걸음을 멈췄다.

"나와."

부스럭.

진운의 시야가 숲 길 옆에 작은 나무 더미를 바라보면서 한 마디 하자 바로 반응이 왔지만 나오진 않았다.

"안 나오면 베어버린다."

부스럭 부스럭.

진운의 무서운 말에 결국 나무 더미가 심하게 흔들리더니 곧 그 속에서 누군가가 나타났는데 이미 마나의 향기로 누군지 알고 있던 진운은 심드렁한 표정으로,

"이곳에서 뭐하는 거지?"

라고 물어보자,

"기, 기다리고 있었습니다."

심하게 흔들리는 눈동자와 금방이라도 울음을 터뜨릴 것 같은 울먹이는 듯한 목소리지만 두 발로 서서 진운을 똑바로 쳐다보고 있는 노예 소녀였다.

"나를 ?"

"네, 마스터님!"

넙죽!

쿵!

진운의 말에 대답하면서 그대로 엎드려 절을 했다.

마치 옛날 심형래라는 코미디언이 허공에 무릎을 구부리면서 바닥에 그대로 떨어지는 것과 같은 슬립스틱 코미디와 똑같은 모습으로 절하는 게 아닌가?

물론 코미디언은 최소한 무릎 보호대라고 했겠지만 지금 진운 앞에 엎드려 절하는 노예 소녀는 돌바닥에 맨살이 그대

로 닿았으니 이미 무릎이 까졌는지 피가 배어 나오고 있는 중
이었다.

물론 온몸을 오들 오들 떨면서 말이다.

"나를 왜 기다렸지? 그것만 말해."

물론 진운도 노예 소녀가 딱하긴 했다.

하지만 하찮은 동정은 오히려 자신에게나 상대에게나 결국
상처만 된다는 것을 너무나 잘 알기에 일부러 매정하게 툭~
던지듯 물어보자,

"저… 저… 저를 데… 데리고 가주십시오"

진운이 여전히 무서운지 온몸을 떨고 말까지 더듬으면서
도 할 말 다하는거 보면 사실 이 나이 때 여자애 치고는 확실
히 강단이 있긴 했다.

물론 노예로 살아오면서 진짜 못 볼 꼴 많이 봤을 테니 이
정도 깡다구 있는 것이 오히려 당연할지도 모르지만 말이다.

하지만 지금 진운에게 저런 여자애 데리고 가는 것은 짐이
나 마찬가지였다.

최대한 빠르게 움직이면서 일행을 찾아다녀야 하는 진운
에게 없을수록 좋은 짐인 것이다.

"싫어."

역시나 가차없이 거절하는 진운이었다.

"살고 싶습니다! 도와주십시오, 마스터님!!"

진운이 거절하자 마치 단두대에 끌려가는 죄수마냥 무릎으로 기어서 진운 앞으로 다가오더니 울먹이면서 매달리기 시작했다.

순간 진운도 그 모습에 진짜 자신도 못할 짓 한다는 생각이 들긴 했다.

하지만 대륙 사람의 인생에 자신이 너무 끼어드는 것도 더 이상 내키지 않았기에,

"난 갈 길이 바빠, 그러니 널 데리고 갈 여유가 없다 그만 돌아가 봐."

그렇게 말하고는 몸을 돌려 버렸다.

그때 노예 소녀의 고개가 번쩍 들려지더니 갑자기 일어서서 진운을 향해 큰 소리를 쳤다.

"저도 살고 싶어요!!! 이대로 노예로 죽고 싶지 않아요!!! 저를 잠자리 노리개로 써도 상관없어요! 저를 데리고 가주세요!"

멈칫.

진운은 노예 소녀의 목소리에 걸음을 멈췄는데, 그녀의 목소리에 멈춘 게 아니라 그녀의 목소리에 실려온 마나의 향기 때문에 멈출 수밖에 없었다.

그리고 슬쩍 고개를 소녀를 쳐다보자 눈물은 물론이거니와 콧물까지 질질~ 흘리면서 무릎은 까져서 피가 흘러 흙이

묻어서 엉망이었다.

　그러나 지금까지와 달리 똑바로 진운을 쳐다보고 있는 모습을 볼 수 있었다.

　"잠자리 노리개……?"

　일부러 진운이 슬쩍 한 가지만 콕~ 짚어서 이야기하자, 움찔!

　노예 소녀도 순간 자신이 무슨 말을 했는지 그제야 깨닫고 온몸을 움찔거렸지만,

　"상관없어요! 하지만 대신!"

　"……??"

　방금 전까지 엎드려 빌면서 사정하던 것과 완전 달라진 태도로 건방지게 진운에게 조건을 거는 것이다.

　비쩍 마른 몸에 지금까지 남자로 속였을 만큼 여자의 상징인 가슴조차 없는 빈약한 몸매를 가지고 잠자리 노리개라는 말을 하는 것 자체가 참 웃기는 일이였다.

　그런데 이상하게 방금 전에 울면서 빌던 태도보다 왠지 지금의 모습이 진운은 마음에 들었다.

　"마스터님의 모든 것을 보고 들을 수 있게 해주세요."

　"……???"

　순간 진운은 자신이 잘못 들었나 싶어서 고개를 갸웃거리면서,

"뭘 가르쳐 달라는 게 아니라? 그냥 보고 듣게만 해달라
고?"

"네!"

당연히 저렇게까지 죽기 살기로 매달리면 당연히 '당신의
기술을 가르쳐주세요', '당신의 제자가 되게 해주세요', '아
니면 당신이 보호해주세요' … 이렇게 세 가지 중 하나일 것
이라고 생각했던 진운이었다.

그러나 그의 예상과 달리 그냥 따라다니면서 보고 듣게만
해달라고 하는 것이다.

거기다 진운이 그녀의 눈동자를 통해 살펴본 결과 진운이
거절하면 따라가다 죽더라도 무조건 따라올 각오까지 보였
다.

"……. 나 참."

기회는 기다리는 자가 아니라 손을 내미는 자에게 주어지
는 것이라고 했던가?

결국 진운도 이렇게까지 살려고 발버둥치는 그녀의 모습
에서 결국 마음이 약해져 버릴 수밖에 없었다.

자신 또한 레이나에게 저런 모습으로 살기 위해 매달린 적
이 있었으니 말이다.

"이름이 뭐지?"

진운이 나직이 한숨과 함께 노예 소녀에게 이름을 묻자,

“리엘… 입니다”

“그럼 리엘이라고 부를게. 따라와.”

그러고는 매정하게 몸을 돌려 먼저 걸어가 버린 진운이었다.

하지만 리엘의 얼굴 표정은 마치 세상의 끝에서 구원을 받은 것처럼 환하게 웃으면서 그제야 자신의 손등으로 눈물과 콧물을 닦으면서 진운을 따라가려고 걸음을 내딛었는데,

“아얏!”

털썩.

그동안 긴장감으로 잊고 있던 무릎의 통증과 더불어 긴장이 풀리면서 몸에 힘이 빠지면서 그대로 쓰러져 버렸다.

“…가지가지 하는구만. 정말…….”

졸지에 짐 하나 떠맡게 된 진운은 한숨과 함께 되돌아와 엎어져서 바둥거리는 리엘을 그대로 안아 들었다.

“가볍군.”

직접 안아 들기 전까지는 진운도 모르고 있었는데, 너무나도 가벼웠던 것이다.

마치 열 살짜리 어린애 안은 것보다 더 가벼운 듯한 무게감에 자직하게 한마디 하자,

“…….”

자신의 몸무게가 가볍다는 것이 부끄러운지 고개를 푹~

숙여 버리는 리엘이었다.

대륙은 특이하게 가녀린 여자보다 튼튼한 여자를 미인으로 선호하는 편이었기에 지금 진운의 말은 여자로써 매력이 없다는 말을 대놓고 한 셈이었다.

그런데 그렇게 안아 든 그녀의 몸에서 은근히 피어오르는 악취에 진운은 살짝 미간을 찡그리더니,

"우선 씻자. 그 상태로는 어디 가지도 못하겠구만."

"네?…벌써 씻어… 요?"

진운은 그저 몸에서 나는 악취와 함께 눈물 콧물까지 범벅이라 한 말인데 리엘은 돌연 얼굴이 심하게 붉어지더니 무언가 결심한 듯,

"네, 씻을게요…….."

뭔가 힘 빠지는 듯한 목소리로 대답했다.

물론 진운은 도대체 씻는 게 뭐 그래 대단한 것이라고 저렇게 고민하는지 모르겠다는 표정일 뿐이었다.

딱히 멀지 않은 곳에 적당한 물이 흐르는 곳이 있어 그곳에서 리엘보고 씻으라고 했다.

그러곤 진운 자신은 조금 위쪽에서 리엘이 벗어둔 옷을 들고 와서 한번 쳐다보더니,

"걸레도 이것보다는 깨끗하겠다. 정말……."

결국 진운이 손빨래를 하고서 마나로 젖은 옷을 가볍게 말

린 다음에 옆에 두고는 정작 자신은 가볍게 손만 씻고 잠시 지도를 보기로 했다.

밤이긴 했지만 어차피 진운에게 낮이나 밤이나 시야에 장애가 없었기에 지도 보는 데는 아무런 문제가 없는 편이었다.

저벅저벅.

"……?"

대략 30분 정도 지났을까? 익숙한 발걸음 소리와 함께 진운의 감각에 리엘의 마나의 향기가 느껴지기에 고개도 돌리지 않고,

"씻었으면 거기 옷 입어 빨아 두었으니까……."

"…네. 저기……."

"응?"

뭔가 할 말이 있는 듯한 리엘의 말투에 진운이 고개를 들어 보니 완전 나체의 모습에 리엘이 여자의 중요 부위도 가리지 않은 채 차렷 자세로 진운 앞에 서 있는데,

"뭐 할 말이라도 있어?"

워낙에 못 먹고 마른 몸매라서 그런지 가슴도 나오지 않은 상태라 지금까지 남자로 속인 것도 어쩌면 저래서 가능하지 않았을까 싶은 생각뿐이었다.

그런데 진운의 말에 리엘은 살짝 떨리는 목소리로,

"저… 여기에 누우면 되요?"

“누워?”

“네, 씻으라고 한 것이 저를 안으려고 하신 거잖아요.”

“……”

순간 진운은 가만히 리엘을 빤히 쳐다보다가,

“에휴…….”

한숨을 쉬더니 지도를 접어 주머니에 넣고는 손수 리엘의 옷을 집어 들어 그녀의 손에 올려주더니,

“여자라는 것을 도구로 삼지 마라.”

한마디 하고는 천천히 걸어서 올라가 버렸다.

“……”

순간 진운의 말이 무슨 뜻인지 모르지만 이상하게 리엘의 눈에서 눈물이 흐르기 시작했다.

잠시 동안 그렇게 울던 리엘은 옷을 입고는 진운이 있는 곳으로 올라왔다.

“너 몇 살이지?”

“열일곱 살입니다.”

“…헐…….”

정말 헐이라는 말이 저절로 나오는 상황이었다.

진운은 그저 많이 봐서 열다섯 살 정도로 봤지, 그녀의 모습만 보면 열두 살이라고 해도 믿을 정도로 비쩍 마르고 손발을 보면 앙상한 가지를 보는 그 자체였던 것이다.

도대체 리엘을 노예로 데리고 다니던 용병은 무슨 생각으로 데리고 다녔는지 정말 안다면 물어보고 싶은 생각이 들었다.

"왜 그러세요? 제가 너무 말라서… 싫으세요?"

슬그머니 자신의 비쩍 마른 몸이 걱정인 듯 진운을 향해 불안감이 가득한 목소리로 물어보지만 진운은 손사래치면서,

"아니, 난 열두 살 정도로 봤거든. 여자 나이 열일곱 살이면… 대륙에서는 성인이지?"

"네, 성인입니다."

저게 어딜 봐서 열일곱 살 성인 여자란 말인가?

무슨 아프리카 난민을 보는 것도 아니고 실제로 저런 모습을 보고는 진운은 할 말을 잃어버렸다.

거기다 천천히 걸으면서 여러 가지 들을 수가 있었는데 리엘은 본래 평민 집안에서 태어나 그럭저럭 살 만했다고 했다.

그런데 마적이 나타나서 부모를 죽이고는 자신을 잡아다가 노예상에 팔아버렸다고 했다.

당시 머리를 짧게 자르고 있어서 리엘을 남자로 오해한 마적이 남자애로 노예상에게 팔아버렸다.

그렇게 졸지에 남자가 되어버린 리엘은 비쩍 마른 몸에 안 팔리다가 우연히 용병 눈에 띄어 헐값에 팔렸다는 것이다.

헐값이라도 해도 60골드라는 몸값을 지불했다고 하는 것

을 보면 노예가 확실히 비싸긴 한 듯했다.

"노예면 몸 검사하지 않아?"

진운이 알기로 대충 노예는 가치를 매기기 위해서 당연히 상처나 여러 가지 검사를 하는 것으로 알고 있었기에 물어보자

"제가 들어오고 다음 날 노예상 주인이 바뀌는 바람에 기존에 있던 노예들은 그냥 검사 없이 분류됐어요. 그래서 전 남자로 남아 있었구요."

"……."

어떻게 보면 운이 좋다고 할 수 있고 어떻게 보면 참 기구한 운명이긴 했다.

아무튼 뭐 어차피 자기가 데리고 가기로 했으니 사정이라도 알자는 생각에 대화를 하면서 걸어나아갔다.

생각 외로 진운은 대륙의 정세나 생활 풍습, 그 외 여러 가지 많은 정보를 얻을 수 있는 기회가 되기도 했다.

사실 레이나 외에는 대륙에 대해서 알려줄 사람이 없었던 진운이었기에 혼자 남게 되자 정말 난감했었다.

거기다 이야기를 하다 보니 리엘의 고향이 아이러니하게도 샤프란 왕국 부근이라는 것이다.

거기다 자신을 노예상에서 산 용병을 따라 대륙 이곳저곳을 떠돌아다닌 경험까지 있다 보니 의외로 길눈도 밝은 편이

었다.

다만 진운이 내민 지도를 전혀 볼 줄 모른다는 것이 단점이긴 했지만 말이다.

하지만 그 대신 주변의 산세나 특이한 것을 기준으로 해서 가야 할 방향 등, 의외로 진운에게 크게 도움이 되는 부분이 많았다.

무엇보다 사람들이 잘 다니는 길과 반대로 거의 다니지 않는 길이 나눠져 있다는 것도 리엘에게 듣고서야 진운은 알게 되었다.

그것도 용병과 다니다 보니 알게 된 것이라는 말을 들은 진운은 그냥 변덕으로 리엘을 받아들이긴 했지만 지금 현재 가장 절실한 사람이 자신의 곁에 있다는 사실에 나름 운이 좋다고 생각했다.

꼬르륵 꼬륵!!

"헛!"

말하던 와중에 갑자기 리엘의 배에서 엄청 소리가 들리더니 리엘이 갑자기 진운에게,

"잠시만 기다려 주십시오."

한마디 하고는 길옆으로 가더니 무언가 쪽에 얼굴을 가까이 대고는 달빛에 확인하는 듯하더니 뜯기 시작했다.

그리고 그걸 그대로 입안으로 쑤셔 넣는 것이다.

“야! 너 뭐해!!”

리엘의 돌발적인 행동에 진운이 황급히 다가가 리엘을 안아 들자,

“네? 왜 그러십니까?”

우적우적.

생풀을 입에 쑤셔 넣고 씹으면서 동그란 눈으로 진운을 쳐다보는 모습을 보고는 정말 진운은 이놈에 대륙은 시간이 지나도 도무지 뭐 하나 정이 가는 게 없다는 생각밖에 들지 않았다.

그리고 억지로 다시 길로 와서 왜 풀을 뜯어먹었냐고 물어보자,

“노예는 자기 먹을 것은 알아서 먹어야 해서 먹었습니다.”

“……”

진운에게는 지금 리엘의 행동이 문화적 충격을 넘어서 거의 쇼크에 가까울 정도였다.

세상에 노예는 자기 먹을 것을 알아서 찾아 먹어야 한다니? 그게 무슨 노예란 말인가? 하물며 가축도 주인이 밥을 챙겨주는 법이다.

그런데 노예는 그 밥도 안 챙겨준다는 게 말이 되냐는 식으로 진운이 열변을 토하자,

“전 안 팔리다 겨우 1/4가격에 팔린 거라 제가 먹을 것은

제가 찾아 먹도록 교육 받았습니다."

"이런 미친 새끼들을 봤나!!!"

진운의 입에서 저절로 욕이 튀어나올 수밖에 없는 상황이었고, 정말 노예상인이라는 자식을 보면 용암 위에 거꾸로 매달아 버리고 싶은 심정이었다.

거기다 처음 리엘을 데리고 다닌 용병이란 녀석도 지금 당장 눈앞에 있다면 온몸을 찹쌀떡처럼 만들어서 나무꼭대기에 매달아 버리고 싶은 심정이었다.

"히끅!!"

갑자기 진운은 귓가에 들리는 딸꾹질 소리에 내려다보니 겁에 질린 리엘이 진운을 보면서 온몸을 오들오들 떨고 있었다.

"아, 실수했네."

순간 감정을 못 이겨서 살기가 피어올랐는데 이미 진운의 살기에 크게 당한 적이 있는 리엘이였기에 약한 살기에도 금방 반응해서 놀라 버린 것이다.

"너한테 화낸 거 아니야 걱정하지 마, 그리고 다시는!! 절대 다시는!! 풀 뜯어먹지 마! 알았지?"

"히끅! 네, 마스터님……. 히끅!"

좀처럼 진정되지 않는 리엘의 딸꾹질과 몸의 떨림 때문에 결국 진운은 이대로 걸어가는 것은 무리라고 판단했다.

　뭐 이제 들을 만큼 이야기는 했고, 어느 정도 리엘에 대해서 알게 되었다.

　시간낭비는 이 정도로 그치기로 한 진운은 리엘을 번쩍 안아 들었다.

　"헛, 마스터님……!!"

　놀라는 리엘이었지만 진운은,

　"이대로 걸어가다 가는 내일 저녁이라도 다음 마을에 도착 못해. 가만히 있어."

　그렇게 말하고 그대로 하늘로 치솟아 올랐다.

　"꺄악!!"

　태어나 처음으로 남자 품에 안긴 것도 당황하는 리엘은 그것보다 더 놀라운 것을 눈으로 보게 되었다.

　마치 자신이 커다란 새가 된 듯 나무가 발아래 있고 모든 것이 작게 보이기 시작한 것이다.

　처음에는 갑작스런 높이에 놀랐는지 눈을 감고 벌벌 떨던 모습도 조금 지나자 즐기기라도 하듯 주변을 둘러보기에 정신없는 모습이었다.

노예
Chapter
08

사뿐~

"여기가 지도에 있는 가장 가능성이 높은 마을인가?"

진운이 리엘을 안고서 거의 몇 시간을 나무 위를 뛰어서 이동해서야 도착한 마을은 출발했던 마을보다 조금 작고 사람의 왕래가 그리 많은 곳이 아닌 조그마한 곳이었다.

사실 진운이 이곳을 고른 이유는 쫓기는 상황에서 사람이 많은 곳은 피했을 것이라는 예상도 있지만 소지훈과 김미영, 그리고 다슬이 때문에라도 무조건 마을을 들리긴 했을 것이라는 짐작에서였다.

　거기다 리엘의 경험상 사람의 왕래가 가장 적고 그나마 가까우면서 샤프란 왕국으로 가는 길목에 있는 마을은 오직 이곳뿐이라는 말에 곧바로 날아왔다.

　"확실히 작네."

　얼핏 눈에 보이는 집의 숫자만 해도 20채 조금 넘을까?

　마을 주변에 밭이 있긴 했지만 딱히 울타리나 조금 큰 마을에서 볼 수 있는 방벽 같은 것도 보이지 않은 그저 아주 외진 마을 중 하나였다.

　특히나 워낙에 작고 사람의 왕래가 거의 없다 보니 여관도 없는 마을이었다.

　이미 오면서 기감영역을 최대한 펼치면서 리엘의 안내대로 사람이 거의 다니지 않은 숨겨진 길 위로 달려왔다.

　이미 자신이 지나온 길에는 이미 일행이 없다는 판단이 선 상태였다.

　그리고 혹시나 마을에서 흔적을 찾아볼까 해서 마을까지 일부러 왔지만, 이미 너무 늦은 시간이라 마을엔 불 하나 켜져 있지 않았다.

　"해가 뜨려면 아직 다섯 시간 정도 남았습니다, 마스터님."

　"그래? 그런데 그보다 그 마스터님이라는 호칭 좀 바꿀 수 없니? 내가 마스터라는 걸 광고하고 다니는 것도 아니고 말이야."

진운은 처음부터 조금 거슬리기는 했지만 약간 어느 정도
는 말이 오간 다음에 조금은 친근감이 들고서야 말하려고 했
던 것을 이제야 말했다.

"그럼 주인님이라고 부를까요?"

노예로 살아온 시간이 제법 길다 보니 리엘의 사고방식은
완전 노예 수준에서 머물러 있었다.

그런 사실이 못내 안타까운 진운이었다.

진운은 웬만해서는 쉽게 정을 주지 않는다.

하지만 한 번 자신의 테두리 안으로 받아들이면 의외로 살
뜰하게 챙기는 편이긴 했다.

물론 그게 크게 겉으로 드러난다거나 보이는 것이 아니긴
했지만 말이다.

아이린도 결국 테두리 안에 들어오자 무심한 척하지만 의
외로 살뜰하게 지켜보는 편이었다.

물론 지켜보기만 했지만 말이다.

"…그냥 진운 씨라고 부르면 돼."

그래도 열일곱 살이면 나름 숙녀라고 할 만한 나이였다.

하지만 차마 진운 오빠라고 부르라고 하기는 그래서~씨
라는 호칭으로 부르라고 했지만,

"그건 안 됩니다. 전 노예인데 어떻게 노예가 주인에게 씨
라고 합니까?"

그놈에 노예 사고방식이 걸림돌이 되어버린 것이다.

그리고 몇 번이나 그놈에 아무것도 아닌 호칭 가지고 입씨름을 하던 진운은 결국 두 손을 들고 말았다.

"그럼 진운님이라고 부르겠습니다."

"그래, 차라리 그래라."

결국 진운님이라는 호칭으로 부르기로 극적인 타결을 보고 나서야 날이 밝을 때 까지 조금 눈을 붙이기로 했다.

그런데 리엘이 일어서더니 진운이 앉아 있는 곳에서 조금 떨어진 곳에 앉더니 주변을 열심히 살피기 시작하는 것이다.

"너 뭐하냐?"

"불침번 섭니다."

"…노예는 그런 것도 하냐?"

정말 참 가지가지 한다는 생각에 진운이 한마디 했다.

"제 전 주인인 용병님께서 이렇게 하라고 시켰습니다."

아주 전 주인인 용병을 만나면 멀쩡한 여자애 하나 아주 이상하게 만들어버린 그놈의 주둥이를 비틀어 버리고 싶은 욕구가 샘솟는 진운이었다.

"그럼 너 언제 자냐?"

"낮에 걸어가면서 잡니다."

"……"

무슨 군대 천리 행군도 아니고 걸으면서 잔다니……

지금 그 말을 듣고서야 진운은 왜 리엘이 열일곱 살이라는 나이에 맞지 않게 비쩍 말라서 뼈만 남게 되었고, 성장이 느린지 한 번에 느낌이 와버렸다.

잠 제대로 못 자지, 먹는 것은 길가에 식용풀이라고 하지만 마치 염소마냥 생풀 뜯어먹지…….

살이 찔 수가 없는 환경인 것이다.

아니, 오히려 지금까지 리엘이 살아 있는 게 하나의 커다란 기적에 가까웠다.

진운이야 사실 며칠 먹지 않는다고 문제될 게 없었다.

몸이 자연스럽게 마나를 흡수하고 활성화하면서 유지시켜 주니 말이다.

물론 아주 먹지 않는 것은 아니지만 굳이 매 끼니를 챙겨먹지 않아도 되는 몸인 것이다.

하지만 진운이 보는 리엘은 당장 한 끼라도 제대로 안 먹으면 당장 굶어죽어도 이상하지 않을 몸이었다.

거기다 슬그머니 진운 몰래 손을 뒤로해서 풀 뜯는 소리가 진운의 귀에 너무나도 선명하게 들리기까지 했다.

진운이 절대로 먹지 말라고 명령을 해서 몰래 뒤에서 먹으려고 하는 것이다.

그 정도까지 배가 고프다는 것인데 전혀 내색하지 않는 것도 정말 대단하단 생각이 들었다.

하지만 그와 동시에 어쩌면 내일 아침이라도 눈뜨면 어쩌면 시체 하나 치우게 될지도 모른다는 생각이 들었다.

"…송장 하나 치우기 전에 뭐라고 해야지 원."

진운은 결국 주머니를 뒤지기 시작했다.

나온 것은 대동 그룹에서 시리에게 받은 신용카드와 슈퍼카 열쇠 그리고 대동 그룹 회장실에서 접대 받으면서 옆에 있던 작은 손가락 마디 크기에 작은 초코바 하나가 전부였다.

사실 이 초코바가 왜 자신의 주머니에 있는지 진운도 몰랐다.

어쨌든 자신의 주머니에 초코바 하나가 나오자 이거라도 먹이면 최소한 내일 살아는 있지 않을까? 하는 생각이 들었다.

리엘에게 다가가더니 겉봉투를 벗겨 마나의 불꽃으로 완전히 태워 버리고는 알맹이를 주었다.

"이게 무엇입니까?"

"먹어, 최소한 죽진 않을 꺼다"

시커먼 것이 딱히 맛있어 보이진 않았지만 미니 초코바를 슬쩍 들어 코로 냄새를 맡던 리엘은,

번쩍!!

눈동자가 갑자기 살아 있는 듯 활기를 띄기 시작했다.

"이… 향기는… 달콤한 이건……."

설탕이 없는 대륙이긴 했지만 그렇다고 아주 단맛이 없는 것도 아니었다.

1,000년이 지나도 먹을 수 있는 음식으로 유명하면서도 수천 년 전부터 인간이 먹어왔다는 벌꿀이 있었고, 나름 평민 집안에서 태어났기에 단맛이 무엇인지 알고는 있는 듯한 리엘이었다.

그녀는 초코바에서 풍겨 나오는 단맛의 향기를 귀신같이 알아맞히고는,

우물우물…….

그대로 입안에 넣고 씹기 시작하는데 천천히 음미하듯 씹던 리엘의 표정이 갑자기 확~ 살아나더니,

"와!!! 진짜 맛있다!!!"

"……."

단 것을 딱히 좋아하지 않는 진운은 그저 그냥 초코바일 뿐이었지만 리엘의 입안에서 느껴지는 충격은 상상 그 이상이었다.

특히나 초보코바의 경우 열량이 높았고 단맛이 강하기로 유명했다.

벌꿀보다 두세 배나 단맛이 강한 것이 정제 설탕의 특징인데 그런 것에 캬라멜까지 섞여 있으니 오죽하겠는가.

"…진운님."

순식간에 먹어치운 리엘이 노골적으로 한 개 더 없냐고 물
어보는 듯한 눈빛이었지만,

"없어."

단칼에 잘라 버린 진운은 그대로 리엘을 다시 안아 들더니,

"불침번 필요없다. 그냥 자라."

"네?"

"넌 내가 누군지 잊었니?"

지금까지 전혀 받아보지 못한 대접에 리엘은 어쩔 줄 몰라
했다.

그도 그럴 것이 자신이 살아오면서 해왔던 모든 것을 하지
말라고 하고 안 된다고 하는 진운의 모습에 뭘 해야 할지 갈
피를 잡지 못하고 있었던 것이다.

"이 세상에 마스터를 속이고 접근하는 사람과 동물은 없으
니까 그냥 자."

"네? …네, 진운님."

딱히 진운이 말하는 게 뭔지 알지는 못하는 리엘이었다.

스스로 찾아와 거두어 달라고 했기에 조용히 진운이 시키
는 대로 그나마 풀이 조금 있는 위에 몸을 동그랗게 웅크리고
자려고 눕는 리엘이었다.

"……."

그런 리엘의 모습을 가만히 바라보던 진운은 인상을 팍 찡

그리렸다.

"나도 아공간 하나 만들어 달라고 하든지 해야지 원……."

이럴 때 레이나처럼 원하는 것 먹고 싶은 것 척척 아공간에서 꺼내며 편하게 있고 싶은 생각이 너무나 간절할 수밖에 없었다.

그런데 순간 진운은 자신의 손안에 쥐어진 자동차 열쇠를 보더니,

"…나도 아공간이 하나 있긴 하잖아."

그러고는 바로 정면을 향해 시리에게 받은 슈퍼카 열쇠를 들고 대동 그룹의 마크를 손으로 힘껏 눌렀다.

딱히 이곳까지 그 아공간에 있는 슈퍼카가 따라올지, 아닐지 알 수 없었다.

하지만 레이나가 아공간을 가지고 대륙과 지구를 오갔던 것을 눈으로 봤기에 무작정 누른 것이다.

그런데 놀랍게도 진운이 열쇠를 누르자마자 어둠 속에서 맥라렌 P1이 모습을 드러냈고, 그와 동시에 진운의 입가에 미소가 번지기 시작했다.

"리엘!"

벌떡!

진운이 부르자마자 갑자기 튕기듯 일어선 리엘은,

"네! 진운님!"

“들어가서 자자. 새벽이슬 맞으면 감기 걸려.”

지구에서 수백억에 호가하는 슈퍼카의 대명사인 멕라렌 P1이였지만 진운에게는 대륙에서만큼은 새벽이슬을 피할 용도인 간이 쉼터에 불과할 뿐이었다.

“진운님, 이거 저 같은 게 들어가도 됩니까?”

딱 봐도 이건 뭐 비싸다!!!라는 포스가 팍팍 풍기는 멕라렌 P1의 외간에 압도당한 리엘이 물어보자 진운은 심드렁하게,

“넌 사람 아니냐?”

“그야… 전 노예이지 않습니까?”

“……”

저놈의 노예근성…….

정말 날 잡아서 확 뜯어 고쳐 버리고 싶은 생각이 간절해지는 진운이었다.

리엘을 위해서가 아니라 진운이 편하기 위해서 말이다.

“노예도 사람이야 타! 잔말 말고.”

“넷!”

진운의 목소리가 조금 날카로워지자 겁먹은 리엘은 곧장 조수석에 올라탔다.

진운은 운전석에 앉더니 등받이를 뒤로 확 젖혀서 거의 침대처럼 만들어 누우면서 리엘이 앉은 조수석도 젖혀 버렸다.

꺄악!

갑자기 등받이가 뒤로 확 넘어가자 놀란 리엘이 가볍게 비명을 질렀지만 그러거나 말거나 진운은 심드렁히 말했다.

"좀 자둬라, 내일도 바쁘다."

"네, 진운님."

진운의 명령이기에 우선 가만히 누워 있는 리엘이었다.

하지만 그녀의 눈동자는 지금 사방으로 보이는 이상한 것과 함께 묘하게 자신이 앉아 있는 것을 보며 예쁘다는 생각에 잔뜩 흥분해 있었다.

그 바람에 잠들기까지 제법 한참의 시간이 걸려 버렸다.

하지만 의외로 늦게 자서 그런지 아니면 원래 밤이 짧았는지 모르지만 눈을 감은 것 같은데 벌서 해가 떠버린 아침이 되어버렸다.

"으음… 으음……"

졸린 눈을 비비면서 몸을 한껏 늘어뜨리며 기지개를 펴던 리엘은 순간 눈이 번쩍했다.

"진운님!"

자신이 너무 자고 있었다는 것에 놀랐는지 벌떡 일어섰는데,

쾅!!

차 안이라는 것을 잊었는지 낮은 천장에 부딪쳐 버린 리엘이었다.

"아얏!!! 아, 아파라……."

나름 튼튼한 슈퍼카답게 리엘의 엄청난 헤딩에도 끄떡없었다.

대신 리엘이 한동안 머리를 움켜쥐고 끙끙대긴 했지만 말이다.

딸각~

누구라도 알 만큼 요란한 소리와 함께 기상한 리엘 때문에 다가온 진운이 문을 열어주었다.

눈물이 그렁그렁 맺힌 리엘은 이마를 문지르면서 잽싸게 나오더니,

"죄송합니다, 진운님! 제가 너무 자버려서."

노예가 주인보다 더 늦게 일어난다는 것은 도저히 리엘의 상식에서는 있을 수도 없고 있어서도 안 되는 일이었다.

이걸로 매질한다고 해도 변명의 여지가 없었으니 말이다.

당연히 리엘은 저 무서운 주먹으로 자신을 신나게 때릴 줄 알았는데 의외로 아무런 행동도 없어서 리엘이 슬쩍 고개를 들어 보았다.

"잘 잤냐?"

"네? 아, 네. 잘 잤습니다."

"그럼 됐어."

그러고는 열쇠의 버튼을 눌러 다시 멕라렌 P1을 아공간에

넣어버리고는 아무렇지 않게,

"자, 마을로 가자. 찾아야 될 사람도 있고 사야 될 물건도 있으니까."

"네, 진운님."

뭔가 리엘은 진운을 보면서 고개를 갸웃거리기 시작했다.

도대체 저 사람은 어떤 사람인지 도무지 종잡을 수가 없었기 때문이다.

자신이 아는 상식에서 노예는 노예일 뿐이었는데.

진운은 자신에게 대하는 것을 보면 전혀 노예가 아닌 것이다.

마치 뭐랄까, 동료라고 할까?

그런 느낌을 받은 리엘은 잠시 멍하니 생각하다가,

"아닐 거야. 동료는 무슨. 난 노예일 뿐이야. 진운님의 뒤를 따라다니면서 모두 배울 거야. 무엇이든지, 어떤 것이든지, 어떤 대가를 치르더라도……."

양손을 굳게 움켜쥐는 리엘은 처음 자신이 진운을 기다리면서 몇 번이나 다짐했던 생각을 가슴속 깊이 새겨 넣었다.

노예로 살다가 죽기는 싫었다.

하지만 노예로 너무 오래 살았기에 이대로는 죽는 것은 너무나 싫었던 리엘이었다.

그런데 우연히 그 기회가 찾아온 것이다.

마스터.

사실 리엘은 마스터가 무엇인지 어떤 존재인지 몰랐다.

그저 자신의 주인인 용병이 시키는 대로 앞에서 창을 들고 서 있었고, 칼에 찔리더라도 무조건 버티라는 명령을 받은 것이다.

한마디로 리엘은 용병의 칼받이였고, 그사이에 리엘의 주인인 용병은 진운을 급습하려고 나름대로 잔머리를 굴렸었다.

하지만 완전 상식을 벗어난 진운의 마스터 스킬 능력 앞에 오로지 살고 싶다는 본능에 따라 마을 밖으로 도망가 버린 것이다.

리엘도 도망가고 싶었다.

하지만 죽더라도 자리를 지키라는 명령과 함께 진운의 살기에 몸이 얼어버려 머릿속이 백지가 되어 버렸을 뿐이다.

결과적으로 그렇게 서 있는 바람에 지금 이렇게 기회를 잡았지만 말이다.

그리고 조용히 자신을 보내주는 진운의 모습을 보면서 리엘은 태어나 처음으로 저 사람이라면 자신의 운명을 바꿔줄 것 같다는 예감을 해버리게 된 것이다.

본능인지 아니면 그저 착각인지 모르지만 그렇게 진운에게 강렬한 인상을 받은 리엘은 그 길로 마을을 벗어나 진운의 흔적을 따라갔지만 이미 사라지고 없었다.

　그리고 그런 상황에서 리엘이 할 수 있는 행동은 하나뿐이
었다.
　무조건 숨어서 기다리는 것 말이다.
　설사 여기서 쓰러져 죽더라도 무조건 기다리겠다는 고집
으로 버티고 있다가 결국에는 진운을 만나게 된 것이다.

Chapter
09
메
시
지

"최소한 상점은 있겠지."

마을 가구가 20가구 정도지만 거의 2층 이상 복층 구조였기에 의외로 사람들이 제법 사는 듯했다.

진운의 감각에도 걸려드는 주민의 숫자가 제법 많은 편이었고 말이다.

딱히 전투 인력이라고 부를 만한 병사나 그런 사람은 없어 보였지만, 그렇다고 늙은 노인과 여자만 있는 것은 아닌 듯했다.

그리고 먹은 것이라고는 어제 리엘에게 준 초코바가 전부

였던 진운은 이상하게 느껴지는 감각이 있어 슬쩍 고개를 돌려 리엘을 쳐다보자,

후다닥!

역시나 진운 몰래 길가에 자신이 먹던 풀이 눈에 밟혔는지 쳐다보다가 진운과 눈이 마주치자 서둘러 눈동자를 돌려 버리는 것이다.

이미 어제 충격적인 리엘의 식사 장면에 어느 정도 짐작을 했다.

실제로도 며칠 동안 그녀가 먹은 것이라고는 길가에 먹던 풀과 어제 진운이 준 미니 초코바 하나가 전부인 것이 뻔했음은 물론이다.

일행의 소식이 급하긴 했지만 얼른 리엘에게 뭐라도 먹여야지 길가에 풀로 돌아가는 눈동자를 잡아둘 수 있을 것 같았던 진운은,

"마을에 가면 아침부터 먹을 거니까 그만 눈 돌리고 따라와."

"네, 진운님."

거의 습관처럼 먹어왔던 것을 진운의 명령이라지만 한순간에 바꿀 수 없다는 것을 진운도 잘 알고 있었다.

여자애가 풀밭에 엎드려 쿵쿵거리며 풀 뜯어 먹는 모습을 본 적이 있는가.

다른 것은 몰라도 이건 뭐, 북한 사람들 굶주림에 나무껍질 벗겨먹는 모습보다 더한 충격이었다.

그래도 그건 TV화면이나 영상이라 보는 순간은 안타까울지 몰라도 여운이 남는 것은 아니었다.

하지만 리엘은 완전 라이브로 눈앞에서 그렇게 먹는 모습을 봤으니 정말 그것만큼은 다시는 보기 싫을 정도로 싫었다.

그런데 진운도 아침에 일어나 마을에 가서 필요한 것과 먹을 것을 사야겠다는 생각을 했다.

그런데 문득 자신이 대륙에서 통용되는 화폐를 전혀 가지고 있지 않다는 것을 뒤늦게 깨달았다.

그래서 슬쩍, 이왕 현상금까지 걸린 마당에 마을로 가서 오러 블레이드를 휘두르면서,

"먹을 거 가져와!"

하는 식으로 강탈하는 방법을 떠올리긴 했지만, 그런 쪽팔리는 짓을 할 리 없었다.

잠시 주변을 살펴보던 진운은 문득 어제 자신이 잠들었던 멕라렌 P1에서 아침 햇살에 반짝이는 것이 눈에 뜨여 시선이 멈추었다.

"저거 정도면… 돈으로 바꿀 수 있지 않을까?"

하는 생각이 들게 한 것은 차 안에 장식용으로 있는 말 모양의 크리스털이었다.

생각난 김에 바로 실행에 옮겨버린 진운은 그대로 차 안에서 장식으로 붙어 있는 말 모양의 크리스털을 과감하게 떼어버렸다.

그리고 잠시 살펴보고는 흡족한 미소를 지었는데,

"이 정도 퀄리티면… 대륙이라면 대충 먹을 것 살 정도의 가치는 있겠지."

마치 살아 있는 듯 역동적으로 하늘로 뛰어오르려는 듯한 말의 움직임을 그대로 옮겨놓은 크리스털 장식은 워낙에 비싼 슈퍼카답게 그 자체만으로도 명품에 속했다.

가격만 수십만 원은 기본으로 넘어가는 것을 시리가 일부러 장식해 놓았던 것이다.

그런데 그런 것을 알 리 없는 진운은 그냥 차를 줬으니 이제 자기 것이라는 생각에 과감하게 세 마리의 말 장식 중 하나를 뜯어버린 것이다.

진운은 지금 자신이 메라렌에서 뜯어낸 말 모양 크리스털이 얼마나 가치가 있는지는 전혀 개의치 않았고, 그저 그냥 아침 먹을 것과 움직이는 동안 먹을 식량 조금만 교환할 생각뿐이었다.

그런데 되는 사람은 넘어져도 돈을 줍는다고 했던가?

마침 진운이 마을로 들어가기 전날 마을에 몇 개월에 한 번씩 오는 상단이 들어와 있는 상태였다.

그러다 보니 마을에 외지인이 와도 딱히 이상하게 보는 시선이 유일하게 없는 날이기도 했다.

덕분에 진운이 마을에 진입하는데 의외로 큰 문제는 없었다.

다만 마을에 들어서고 나서 사람들의 시선이 집중되는 것은 어쩔 수 없었지만 말이다.

"엄마~ 저기 아저씨, 검은 머리카락이야?"

역시나 대륙에서 쉽게 보기 힘든 진운의 검은 머리카락이 가장 먼저 시선을 집중시키는 것은 어린아이들일 수밖에 없었다.

마을 들어서자마자 진운과 눈이 마주친 꼬마가 진운을 향해 손가락질하면서 물어보았다.

그 부모도 진운의 검은 머리카락을 보고는 신기한 듯 한참을 쳐다봤으니 말이다.

"여기 식당이나 식사할 수 있는 곳을 찾고 있습니다만……."

"네? 아, 식당이라면 저기 끝에 붉은색 지붕이 테일러 씨네가 식당과 상점을 같이하니 거기로 가보세요."

"아, 네. 감사합니다."

예절 바르게 진운이 인사하면서 발걸음을 돌리자,

"귀족… 이신가……?"

딱봐도 허름한 옷차림에 노예로 보이는 리엘을 데리고 정중한 말투를 구사하는 진운의 모습은 평민으로 보기에는 아무래도 무리가 있었다.

해서 아이의 부모는 다른 나라에서 여행 다니는 귀족쯤으로 생각해 버렸다.

사실 국경이 있고 나라마다 관계가 있지만 원칙적으로 카르돈 제국과 아르돈 제국도 서로 여행자와 상인이 오갈 만큼 딱히 이동에 제약이 없는 것이 대륙의 풍습이었다.

거기에 거의 100년 가까이 전쟁다운 전쟁도 없었기에 서로 견제는 하지만 딱히 적국이라고 단정 지을 상대가 없었기에 가능한 것이었다.

"엄마, 그 아저씨 귀족이야?"

검은 머리카락이 역시나 어린애들에게는 호기심의 대상이 될 수밖에 없었는지 시선을 떼지 못하는 모습에,

"그렇게 쳐다보면 실례란다."

살짝 주의를 주었다.

"네, 엄마."

대답은 하지만 슬그머니 엄마 손에서 벗어나더니 총총 걸음으로 진운의 뒤를 따르기 시작했다.

그런데 방금 꼬마와 같은 어린애가 한둘이 아니었다.

사람의 왕래가 거의 없는 곳이다 보니 마을에 몇 달에 한

번씩 오는 상단만 와도 뭐가 그리 궁금한지 상인들 뒤나 용병들 근처를 어슬렁거리는 게 하나의 재미였던 아이들이었다.

그렇기에 검은 머리를 가진 진운의 등장은 확실히 시선을 잡아두기에는 더할 나위 없이 좋긴 했다.

"저기, 진운님 뒤에 마을 꼬마들이 따라옵니다……."

리엘은 누군가 자신 근처에 오는 것이 익숙하지 않은 듯했다.

용병을 따라다니면서 사람이 적거나 아니면 목숨이 왔다 갔다 하는 생활을 했기에 호기심 어린 어린애들 시선이 부담스러웠던 것이다.

특히나 노예 신분인 리엘은 어린애들의 호기심 어린 눈동자가 마치 자신을 사기 위해서 쳐다보던 사람들의 눈빛이 떠올라서인지 슬쩍 진운 곁에 가까이 붙으며 걸었다.

"무섭니?"

리엘의 눈동자에서 두려움을 읽은 진운이 물어보자,

"그냥 그게……."

딱히 리엘 본인도 왜 어린애들을 피하는지 모르지만 싫다기보다 자신을 뚫어져라 쳐다보는 꼬마들의 시선이 두려운 것은 사실이었다.

그렇기에 고개를 숙이고 진운 가까이서 뒤따르기만 했다.

리엘의 시선에서는 끝없이 따라올 것만 같던 꼬마들이 걸음을 멈추고 더 이상 따라오지 않게 된 것은 진운이 상점과 식당을 겸업으로 하고 있다고 알려준 곳에 도착하고 나서야 겨우 벗어나게 되었다.

하지만 상점 안으로 진운이 들어서자,

딸랑~

"……?"

"……??"

마침 상단 일행이 식사를 하는 중이었고 당연히 자신들 외에는 마을 사람들은 각자 자신의 집에서 식사하기에 자연스럽게 사람들의 시선이 집중될 수밖에 없었다.

그리고 역시나 진운의 검은 머리카락에 시선이 집중되어 버렸는데 마을 사람들과 반응부터가 완전 달랐다.

"……"

마치 무언가 두려운 것을 본 듯 식당 안에 있던 상단 일행 전원이 황급히 고개를 돌렸다.

느긋하게 먹던 모습은 오간데없이, 거의 입안에 음식을 쑤셔넣는 듯 황급히 먹어치우고는 식당을 벗어나는데,

"벌써 가십니까?"

마침 문 열리는 소리에 뒤늦게 나오던 주인이 상인 일행에게 아는 척을 했지만 그런 것도 본체만체한 채로 황급히 식당을 나가 버리기 바쁜 모습이었다.

“왜들 저러시지?”

진운은 자신의 옆을 스쳐가는 상인들의 눈빛에서 이미 자기가 누군지 눈치챘다는 것을 알고 있었다.

하지만 아무 상관없는 듯 자리에 가서 앉아 버렸고 리엘은 그런 진운의 뒤에 섰다.

“뭐해? 리엘 너도 앉아.”

진운이 자기 뒤에 마치 지키듯 서 있는 리엘에게 한마디 하자,

“주인과 같은 식탁에 앉으면 안 됩니다.”

대충 예상은 했지만 역시나 예상했던 대답이 나오자 진운은,

“넌 밥 먹는데 누가 뒤에서 지켜보면 밥이 넘어가냐?”

사실 밥 먹는데 누가 뒤에서 빤히 쳐다보고 있어봐라. 밥이 목구멍에 넘어갈 리가 없었다.

특히나 먹을 게 없어서 길가에 풀 뜯어 먹는 여자애가 서 있다고 생각하면 밥이 아니라 돌을 씹는 느낌일 것이다.

그런 뜻에서 진운이 비꼬아 말했을 뿐인데 오히려 리엘은,

“그럼 옆에 서 있을까요?”

“…옆이나 뒤나 뭐가 달라. 나참……, 앉아, 명령이야.”

“넷!!”

진운이 결국 강압적으로 명령이라고 하자 그제야 진운과

가장 멀리 떨어진 자리에 앉긴 했다.

하지만 앉는 와중에도 끝까지 진운의 눈치를 보면서 언제라도 일어서라고 하면 일어설 준비가 되어 있다는 듯 엉덩이 끝만 슬쩍 얹은 채로 불편하게 의자에 앉아 있었다.

그런 모습에 진운도 더 이상 뭐라고 하지 않기로 한 것이다.

"식사 나왔습니다."

그리고 딱히 주문하진 않았지만 그동안 진운도 대륙에서 경험이 있기에 달리 와서 주문을 받지 않으면 그날 그날 식당에서 주는 대로 먹어야 한다는 것을 알기에 그저 기다렸을 뿐이다.

그런데 어째 나온 식사가 진운 앞에 나온 1인분뿐이었다.

"주인장."

"네, 손님."

"하나 더 내와요."

"네? 저기 노예 것도… 가져오란 말씀이십니까?"

역시나 리엘의 모습이 너무 모범적인 노예 옷차림이기에 이곳의 주인도 노예라는 생각에 진운의 것만 챙겨온 것이다.

그런데 생전 처음 보는 사람까지 노예라고 밥을 안 가져오는 것에 살짝 기분이 나빠진 진운은,

"노예 아니니까 가져와요"

"네? 아, 네. 죄송합니다. 제가 실수했군요."

진운이 노예가 아니라는 말에 황급히 사과를 한 주인은 서둘러 주방으로 가더니 리엘의 것도 가져와 차려주고는 거듭 죄송하다는 말을 하고 사라져 버렸다.

그런데 리엘은 눈앞에 음식을 보고도 가만히 진운만 쳐다보더니,

"진운님."

"응?"

"왜 제가 노예가 아니라고 하셨습니까?"

리엘은 방금 진운이 이곳 주인에게 노예가 아니라고 말한 것에 놀라워했다.

그러면서도 지금까지 그 누구에게도 들어본 적이 없던 말이었기에 눈앞에 음식보다 진운이 왜 그런 말을 했는지 더 알고 싶어 하는 눈치였다.

"그럼 넌 노예로 계속 살고 싶어?"

"아닙니다!"

노예로 살고 싶냐는 진운의 말에 곧바로 아니라고 대답하는 리엘이었다.

그런 리엘의 모습에 진운은 빵을 한 조각 뜯어서 갑자기 바닥에 떨어뜨리더니,

"땅에 떨어진 저건 뭐지?"

“빵입니다.”

“맞아, 빵이야. 그런데 땅에 떨어진 빵과 지금 내가 먹고 있는 빵이 다를까?”

“…아닙니다.”

지금 진운이 왜 이런 질문을 하는지 모르겠다는 표정이 역력한 리엘이었지만 물어보기에 성심성의껏 대답하는 중이었다.

“넌 뭐지?”

“…네?”

뜬금없이 빵 이야기하다가 갑자기 자신을 가리키면서 뭐냐고 물어보는 진운의 질문에 살짝 당황한 리엘이 뭐라 말을 못했다. 그러다,

“리엘입니다.”

대답을 해야 하는데 당황하는 바람에 머릿속이 하얗게 되어버린 리엘은 순간 자신의 이름이 떠올라 우선적으로 대답부터 하자는 생각에 말했다.

하지만 의외로 진운은 그런 리엘의 대답이 마음에 들었는지 입가로 미소를 지었다.

“내가 손에 들고 있는 빵이랑 방금 바닥에 떨어뜨린 빵도 어차피 같은 빵이야. 그리고 나도 사람이고, 리엘 너도 사람이지?”

“…네……. 그렇습니다.”

“리엘.”

“네, 진운님.”

“내가 너한테 언제 내 노예가 되라고 한 적이 있었니?”

“…그게… 그러니까…….”

진운의 말에 골똘히 생각하는 듯 이마에 미간을 찌푸리면서 고민하던 리엘은 아무리 생각해도 그런 말을 들은 적이 없었다.

“진운님께서는 그냥 따라오라고 하셨습니다.”

“난 너를 노예라서 따라오라고 한 적이 없어, 네 의지로 나를 따라다니는 것이지 안 그래?”

“…네.”

진운의 말이 왠지 어려워서 무슨 말인지는 모르지만 리엘은 갑자기 혹시나 자신을 버리지 않을까? 하는 불안감이 불현듯 들기 시작했다.

진운이 그런 리엘의 흔들리는 눈동자를 놓칠 리가 없었다.

“리엘.”

“네, 진운님.”

“넌 사람이다. 그리고 나도 사람이고, 사람이 사람을 그냥 대하는 것일 뿐이야. 그리고 난 노예 같은 거 좋아하지 않아.”

“……."

진운의 말을 가만히 듣던 리엘은 순간 눈에 눈물이 흐르는 것을 느끼고는 당황하기 시작했다.

“어, 갑자기 왜 눈물이… 죄송합니다.”

황급히 고개를 돌려 손등으로 닦아내고 있지만 한 번 흐르기 시작한 눈물은 멈출 줄을 몰랐다.

사실 리엘도 자신이 왜 진운의 말에 눈물을 흘렸는지 이해한 것은 아니었다.

하지만 그저 진운이 말했던 사람이 사람을 상대하는 것일 뿐이란 말에 본능적으로 반응한 셈이다.

지금껏 마적에게 붙잡혀 노예로 팔린 이후 누구에게도 듣지 못했던 사람 취급을, 드디어 받은 것이다.

“울면서 밥 먹으면 체한다.”

“흑흑흑… 네, 진운님. 훌쩍… 꺼이… 꺼이……."

억지로 울음을 멈추려고 혼자서 여러 가지 얼굴 표정을 보여주던 리엘은 결국 눈물에 콧물까지 흘리면서 밥을 먹는 재주를 선보이고야 말았다.

“…나참. 도대체 내 주위에 여자들은 왜 눈물이 저렇게 많은 거야.”

이상하게 진운의 주위에는 만나서 이야기 좀 나누면 다 우는 여자들이 이상하게 많은 기억에 한숨을 쉴 뿐이었다.

그리고 식사를 마치고 계산을 하는데,

"20실링입니다, 손님"

대충 10실링이 만 원 정도라는 레이나의 말을 기억한 진운은 딱히 바가지 같진 않았다.

그렇다고 싸지 않은 가격에 고개를 끄덕이면서 탁자 위에 챙겨온 크리스털로 만들어진 말을 꺼내 올려놓더니,

"이거 팔고 싶은데 얼마에 사겠소?"

"네?"

주인은 진운이 꺼낸 말 모양 크리스털을 잠시 살펴보더니 고개를 흔드는 것이다.

진운은 순간 고개를 흔드는 주인의 모습에 설마 차에서 떼온 거 티가 나서 중고는 안 산다고 하려는 건가? 싶은 생각을 했는데 주인의 입에서 나온 말은 오히려 반대였다.

"이 정도 물건은 제가 구매할 수 없습니다. 마침 마을에 상단이 와 있는데 그쪽에 제가 소개해서 팔아드릴까요?"

사실 진운은 도대체 겨우 유리로 만든 말인데 왜 저러는지 이해가 가지 않았다.

그러나 나서서 팔아준다는 데 거절할 이유는 없었다.

그래서 그대로 주인에게 크리스털을 넘겨주었다.

"그럼 잠시만 기다려 주십시오."

그길로 발바닥에 땀나도록 가게 밖으로 뛰어나가는 주인

이었다.

그런데 그렇게 뛰어나가는 주인의 모습에 리엘은 불안한 표정으로,

"진운님"

"왜?"

"혹시 저 사람이 들고 도망가면 어쩌시려고… 넘겨주셨습니까?"

"도망?"

진운은 리엘의 말에 입가에 미소를 지으면서 주먹을 들어 보이더니,

"도망가다 잡히면 죽이면 돼."

흠칫!

"…네, 그렇군요."

정말 방금 그 말을 하는 순간 진운의 눈동자를 마주한 리엘은 온몸에 소름이 순간적으로 돋았다가 사라지는 것을 느끼면서 조용히 입을 다물어 버렸다.

용병 수백 명을 상대로 손가락 하나 까딱하지 않고 도망가게 만든 진운에게 사실 도망가는 주인장 하나 때려잡는 것은 사실 일도 아니었으니 말이다.

그리고 또다시 리엘은 지금 자신이 따라다니고 있는 사람이 누구였는지 되새기는 기회가 되기도 했다.

"크크크크큭, 겁먹기는. 농담이야, 믿어도 되는 사람이니
까 기다리면 돼."

"…네? …아, 네."

장난삼아 리엘에게 살짝 겁을 줬던 진운은 완전히 주눅이
들어버린 리엘의 모습에 웃으면서 장난이었다고 말했지만,
노예로 살아온 리엘에게 진운의 농담은 전혀 이해하지 못할
너무나 고차원적인 것일 뿐이었다.

그리고 진운의 말을 증명이라도 하듯 조금뒤 주인과 함께
사십대 후반으로 보이는 남자가 같이 들어오더니 진운에게
다가왔다.

"이 물건의 주인이십니까?"

그의 손에는 진운의 크리스털이 들려 있었다.

그 모습에 진운은 별다른 말도 없이 남자를 보면서,

"얼마에 사겠습니까?"

대뜸 가격부터 흥정하자,

"이런… 성격이 급하신 분이군요."

은근히 말꼬리를 늘리면서 대화를 길게 끌려는 듯한 모습
이 보였다.

"가격만 말하시죠."

딱히 쓸데없는 흥정으로 대화를 길게 끌고 싶지 않다는 표
시를 노골적으로 드러낸 진운의 모습에 남자는 싱긋 웃으며

말했다.

"마스터 슬레이께서는 소문과 달리 성격이 급하신 모양입니다."

이미 아까 나갈 때 자신의 존재를 눈치챘다는 것을 알고 있는 진운은 심드렁한 표정으로 남자를 바라보다가,

"내 소문이 많이 퍼지긴 했나 보군."

말투도 존대를 하던 모습은 온데간데없이 사라지고 바로 하대하기 시작했지만 남자는 그런 것은 아무런 상관이 없는 듯 여전히 미소를 지을 뿐이었다.

"뮬란 상단에 있는 링턴이라고 합니다."

어떻게든 진운과 대화를 이어가려고 하는 링턴과 달리 진운은 상인들과 정보길드 녀석들과 공통점이 있다면 공짜는 좋아하면서도 자기 것을 줄때는 철저하게 계산적이라는 것을 너무나 잘 알기에 심드렁한 표정으로 말했다.

"살 건가? 아니면 말 건가?"

"하하하, 이런 제가 마스터 슬레이님의 심기를 건드렸나 보군요. 사겠습니다. 얼마를 원하십니까?"

오히려 링턴이 얼마를 원하냐고 물어보는 모습에 진운은 코웃음을 치더니,

"잔머리 굴리지 말고 그냥 깨끗하게 거리하지? 난 쫓기는 몸, 나와 연관되어서 좋을 게 없을 테니 말이야."

은근히 협박을 했지만 무슨 생각인지 링턴은 진운의 삐딱한 태도에도 마냥 웃는 표정과 함께 자신의 품에서 제법 묵직한 주머니 하나를 꺼내더니 진운 앞에 내려놓았다.

"100골드입니다. 우선 이게 제가 가진 현금의 전부입니다. 혹시라도 부족하시면 뮬란 상단 지부를 찾으셔서 링턴을 찾으시면 부족한 부분은 보상하겠습니다."

무조건 들이대는 링턴의 모습에 볼 일 없다는 듯 진운은 주머니에서 1골드를 꺼내 탁자 위에 올려놓더니 조용히 리엘을 데리고 걸어 나가려고 했다.

그런데 진운을 따라 일어서 나가던 리엘을 본 링턴이 리엘을 아는 체하는 것이다.

"넌… 블락의 노예로 있던 리엘이 아니냐?"

멈칫!

리엘은 설마 자신을 알아보는 이가 있을 줄은 몰랐는지 순간 몸이 얼어 버렸다.

상단 일을 하기 위해서 대륙 곳곳을 돌아다니는 링턴은 다른 건 몰라도 사람 얼굴과 이름 하나는 정말 기가 막히게 기억하는 재주가 있었다.

그리고 장사란 게 사람 얼굴을 기억하고 알아봐 주는 것만큼 인맥을 넓히기 편한 재능이 없었다.

그렇기에 순식간에 고속승진을 해서 나름 뮬란상단에서

알아주는 위치에 있었던 것이다.

그런 링턴이 자신의 상단에 단골로 오는 용병 블락의 노예였던 리엘을 몰라볼 리가 없었다.

그리고 유심히 리엘을 보더니,

"너 여자였구나."

링턴도 지금까지 블락의 칼받이 역할 때문에 얼굴 빼고 가죽을 온몸에 둘러싸고 있던 모습만 보다 얼핏 보면 지금 옷차림이 누더기이긴 했다.

그렇지만 간편한 옷차림을 입은 모습을 보더니 대번에 여자란 것을 알아차렸다.

상인으로서는 확실히 눈썰미가 좋은 링턴이긴 했다.

그런데 링턴과 리엘 사이에 불쑥 진운이 끼어들었다.

"블락이 누구지?"

"네? 블락은 붉은 늑대 용병단에 속해 있는 B급 용병입니다."

"붉은 늑대?"

"네, 저희 상단에 가끔 상행을 할 때 신세를 지는 곳입니다만… 혹시 리엘은 이제 마스터 슬레이님의 노예였습니까?"

본래 노예는 수시로 주인이 바뀌는 편이고 돈이 궁하면 금방 팔아버리기도 하기에 링턴은 리엘이 진운의 곁에 있는 것을 딱히 이상하게 생각하지 않고 있었다.

하지만 링턴과 달리 진운은 입가에 가득히~ 환한 미소를
지으면서

"그 블락이라는 놈 어디 있지?"

"네?"

진운의 미소에서 뭐가 불안한 느낌을 받았는지 링턴의 목
소리가 살짝 떨리는 목소리로 말했다.

"얼마 전에 좋은 일거리가 들어왔다고 하면서 떠난 것이
마지막이었습니다."

"그래? 그럼 또 일거리가 떨어지면 오겠군?"

점점 더 진하게 진운의 입가에 미소가 번지고 있었고, 진운
의 미소가 진하게 그려질수록 링턴의 등은 식은땀으로 축축
이 젖어가고 있었다.

"그야… 용병 일이라는 게 정해진 건 없지만, 수년간 저희
상단 호위를 했던 붉은 늑대 용병단이라면 올 것입니다."

링턴은 진운의 말에 대답을 하면서도 왠지 블락이 진운에
게 죽을죄를 지었거나 엄청난 실수를 했을 것이라고 생각이
들기 시작했다.

상인으로 살아오면서 지금까지 수많은 사람을 상대했던
링턴의 본능이 지금 눈앞에 진운을 보면서 위험하다고 신호
를 보고 있었으니 말이다.

그동안 상인으로 갈고 닦은 경험 때문에 그나마 지금 이렇

게 대화를 하고 있을 뿐이었다.

"블락이라는 그놈 보면 말해."

"네, 말씀하십시오. 제가 그대로 전하겠습니다."

"그놈… 내 눈에 띄는 그날, 주둥이를 찢어버린다고 말이야."

섬뜩!

말하는 진운의 목소리에는 감정이라고는 전혀 느낄 수 없었다.

하지만 웃으며 말하는 진운의 얼굴을 보고 있으면 그 누구라도 온몸에 소름이 돋는 것은 당연하리라 느끼는 링턴이었다.

"네, 네. 분명히 그렇게 전하겠습니다."

"아, 그리고 리엘은 잊어버리라고 전해. 혹시라도… 리엘을 찾고 싶으면… 나한테 찾아오라고 전해주고."

"…네."

그러고는 리엘을 데리고 밖으로 나가 버렸는데 진운의 모습이 시야에서 완전히 사라지자 그제야 깊은 한숨을 쉴 수 있는 링턴이었다.

"하아……. 설마… 이 정도 무서운 위압감일 줄이야."

상인으로서의 감각으로 진운의 몸에서 풍기는 돈 냄새를 맡았던 링턴이었다.

그렇기에 어떻게든 친해져 보려 잔머리를 굴렸던 것인데 오히려 지금까지 살며 그 누구한테도 받아본 적 없는 엄청난 위압감을 느낄 수밖에 없었다.

"아얏, 어깨가 왜이래."

얼마나 긴장하고 있었는지 진운이 떠나고 난 뒤에야 자신의 어깨가 잔뜩 굳어 있어서 팔은커녕 목도 제대로 움직이지 못하고 한동안 고생할 수밖에 없었다.

링턴은 이미 마스터를 진운 외에도 마스터를 만난 적이 있었다.

진운의 손에 죽은 빌립공작도 상단 거래 때문에 만난 적이 있었고, 아르돈 제국의 마스터와도 안면이 있었던 것이다.

하지만 결단코 진운과 같은 위압감을 느낀 적이 단 한 번도 없었고, 위압감에 긴장해서 온몸이 뻣뻣하게 굳어버리는 경험도 태어나 처음이었다.

"그나저나 블락, 그 친구 도대체 무슨 짓을 했길래… 설마 현상금에 미쳐서……."

링턴은 슬그머니 머릿속에 진운을 떠올리면서 방금 자신이 느낀 위압감을 생각해 보고는 진저리를 쳤다.

무력이라고 해봐야 고작 검을 휘두르는 정도였고, 달리 수련을 받은 적도 없는 링턴이었다.

하지만 상인으로서 살아오면서 겪은 경험과 더불어 자신

을 이 자리에 있도록 해준 자신의 눈썰미와 감각은 무시할 종류의 것이 아니었다.

그리고 자신의 인생을 걸고 다짐하지만, 진운은 결코 싸워서는 안 되는 자라는 것이 링턴의 판단이었다.

지금도 이미 진운은 식당을 나가버린 지 제법 되었지만 링턴이 밖으로 나가지 않는 것도 본능적으로 마주치지 말라는 경고 때문에 서 있는 것이다.

하지만 그와 동시에 상인으로서 링턴의 또다른 본능이 진운이 자신에게 판 말 모양의 크리스털 장식만 봐도 확실히 진운의 곁에서는 돈 냄새가 아주 진하게 풍겨왔다.

역동적인 움직임부터 시작해 말갈귀가 휘날리는 모습까지 마치 살아 있는 말을 투명한 크리스털로 만들어 놓은 듯한 착각을 불러일으킬 만큼 퀄리티가 뛰어난 물건이었다.

지금까지 대륙에서 좋은 명품부터 값 비싸고 희귀하다는 것은 모두 보았던 링턴의 눈에도 이건 엄청난 물건이라 할 수 있었다.

"100골드? 후후훗, 되팔면 최소 100만 골드다, 100만 골드. 드워프도 이렇게 만들진 못해. 절대로 말이야."

물건의 값어치는 얼마나 멋지냐, 얼마나 좋으냐가 아니라 얼마나 귀하냐, 희소가치가 얼마나 높으냐에 따라 물건의 가치가 정해치는 법이다.

그런 기준에서 본다면 진운이 넘긴 이것은 정말 대륙에 하나뿐인 것으로 희소가치만 보면 절대적일 수밖에 없었다.

물론 진운이 아직 멕라렌P1에 남아 있는 두 개의 크리스털 장식을 팔지 않는다면 말이다.

Chapter 10
노예도시 포가튼

　리엘은 상인에게서 뭔가 번쩍거리면서 아주 예쁜 것을 100골드라는 엄청난 거금에 팔아버린 진운을 따르며 그를 좇았다.

　상점에서 흔한 로브와 간단한 식량을 사서 바로 나갈 듯했던 것과 달리 이때부터 진짜 볼일이 시작된다는 느낌이었다.

　마을 구석구석을 돌아다니면서 살펴보는 모습이 아무래도 뭔가를 찾는 것 같았다.

　"진운님……?"

　"응?"

“저, 뭘 찾으십니까?”

진운에게 리엘이 되물었다.

“흔적을 찾는 중이야”

“흔적이면… 누구를 찾으십니까?”

리엘은 딱히 진운이 지금 무엇을 목적으로 움직이는지 들은 적이 없었기에 물어보자,

“가족.”

“아…….”

진운의 말에 리엘은 더 이상 할 말을 잃어버린 듯 조용히 입을 다물어 버렸다.

자신의 가족은 이미 마적에게 죽어버렸고 리엘만 노예로 팔려서 살아남았기에 뭐라고 딱히 할 말이 없었다.

그렇게 진운이 마을 전부를 샅샅이 뒤졌고 그러면서 마을에 있는 건물이란 건물은 모두 살펴보았다.

무언가 특이한 것이라도 있으면 무조건 가서 찾아봤지만 도무지 흔적이란 것을 찾을 수가 없었다.

“이상해. 흔적을 남기지 않았을 리가 없는데… 이 마을이 아니었나.”

사실 확률적으로 따져서 이 마을을 왔을 뿐이지, 이곳이 확실하다는 그 어떤 증거도 없었다.

진운은 희망이 컸던 만큼 실망도 큰지 얼굴 표정이 많이 어

두워져 있었다.

　한편 그렇게 옆에서 진운이 무언가를 찾는지 뒤에서 유심히 살펴보던 리엘은 진운에게 다가왔다.

　"진운님."

　"응?"

　실망스러운 기분에 살짝 힘이 빠진 목소리로 진운이 대답하자,

　"자세한 건 잘 모르지만 가족이 남긴 메시지 같은 것을 찾으시는 겁니까?"

　"메시지? 응, 뭐 그렇다고 할 수도 있지."

　"그럼 아직 한 군데가 더 남아 있습니다."

　"응? 한 군데가 남다니?"

　진운은 이미 마을 헛간까지 모두 살펴본 상태였기에 리엘의 말을 선뜻 이해하지 못하자 리엘은 손가락으로 자신들이 마을에 들어올 때 건넜던 다리를 가리켰다.

　"저도 용병이던 주인을 따라다니면서 배운 겁니다만, 용병들이 자신들의 동료에게 흔적을 남길 때 마을 입구에 해당하는 곳에 표시를 남기는 것을 본 적이 있습니다."

　"용병들이 남기는 흔적……?"

　진운은 리엘의 말을 듣고서야 레이나가 하이엘프 수행을 위해 용병 신분으로 위장하고 대륙을 여행했다는 것을 떠올

렸다.

　그길로 바로 마을로 들어올 때 건넜던 다리로 가서 살펴보던 과정 중에,

　"있다!!"

　리엘의 말대로 마을로 들어가는 다리의 양쪽 기둥 중에서 왼쪽 기둥 옆면에 칼로 쓴 듯한 한글이 선명하게 남아 있는 것을 발견했다.

　대륙에서 한글로 메시지를 남길 사람은 진운이 찾는 일행 외에는 없으니 이 메시지는 확실했다.

　유심히 칼로 휘갈겨 쓰긴 했지만 충분히 알아볼 수 있기에 남긴 메시지를 읽던 진운은 다 읽고 나서 마지막 부분을 읽고는 쓴웃음을 지을 수밖에 없었다.

　"혼자서 찾기 힘들 테니 누군가의 도움을 받는다는 가정하에 이곳에서 메시지를 남긴다니……. 쩝, 리엘을 데리고 오지 않았다면 이런 것이 있을 줄은 꿈에도 몰랐겠구만."

　진운의 상식선에서 이런 식으로 무언가 메시지를 주고받는다는 것은 사실상 생각할 수가 없는 범위였다.

　그런데 역시 하늘도 진운을 돕는 건지 리엘을 만나게 되면서 가장 골치 아팠던 일행이 남긴 메시지를 볼 수 있게 되었다.

　이 메시지에는 자신들이 기다리는 곳이 정확하게 쓰여 있

기에 이제 찾아가는 일만 남은 상태였다.

"리엘."

"네, 진운님."

"포가튼이 어딘지 알아?"

"포가튼이라면… 압니다."

잠시 진운이 말한 포가튼이라는 이름을 되새기던 리엘은 눈을 반짝이면서 진운을 보면서 안다고 하자,

번쩍~

생각할 것도 없이 그대로 리엘을 안아 든 진운이 온몸에 마나를 활성화시키면서,

"지금부터 날아간다. 방향만 알려주면 돼. 알겠지?"

"네? 날아요? 아, 네. 포가튼은 제가 잡혀 있던 노예상단이 있는 곳이라 잘 알고 있습니다."

"노예상단? 음……. 뭐, 겸사겸사인가?"

사실 진운은 리엘이 아니었다면 아마 수십 일 또는 몇 달을 이 대륙에서 가족을 찾아 헤맸을지도 몰랐다.

그 생각만 하면 자기 발로 찾아온 녀석이지만, 그래도 어느 정도 도움을 받은 것에 보답하려 생각 중이었다.

그래서 마을에서 상단이 리엘의 전 주인 블락을 안다고 하자 일부러 눈에 힘을 주어 겁을 미리 줘놓은 것이다.

그런데 하늘의 인도인지 모르지만 레이나가 가족을 데리

고 진운을 기다리겠다고 한 곳이 바로 포가튼이었고, 리엘이 잡혀 있던 노예상단의 본거지도 또한 그곳이었다.

"네? 겸사… 겸사……? 그게 무슨 말입니까?"

대륙이 공용어를 사용하기에 그 어디를 가도 의사소통 때문에 곤란한 일은 없지만 귀족과 평민이 쓰는 어휘는 아무래도 차이가 많을 수밖에 없었다.

특히나 표현력에 관한 어휘력은 귀족이 압도적으로 많은 편이었다.

지금처럼 진운이 사용한 겸사겸사 같은 말도 평민들이나 노예 등은 사용하지 않는 어휘였다.

오로지 필요한 단어와 어휘만 사용하는 평민들과 달리 귀족은 자신의 주장과 과시를 위해서 아무래도 말발이 강해야 했다.

말발이 센 만큼 대접받는 곳이기에 자연스럽게 어휘가 많아질 수밖에 없는 것이다.

그리고 그런 특징이 잘 드러나 있는 것이 바로 매년 대륙의 귀족들에게만 유행하는 어휘가 있다는 사실이었다.

이것을 유행어라 부르며 괜히 따라하고 자신이 주로 쓰는 말에 유행어를 집어넣는 것을 하나의 과시로 여겼다.

그렇다 보니 우연이라도 유행어를 만들어낸 귀족은 그해 최고의 대접을 받으며 온갖 파티란 파티는 다 불러 다니는 호사를 누리는 특권이 따르기까지 했다.

그렇다 보니 매년 자신이 만든 어휘를 유행시키려고 혈안이 되어 있는 귀족이 대부분이기까지 했다.

사실 진운이 아는 사전적 의미로 유행어는 말 그대로 단어이지만 이곳 대륙은 이미 글자는 만들어져 있었다.

한정된 글자를 연결해서 의미를 부여하는 것이 대부분이었기에 어휘가 바로 유행어가 되는 것이다.

"간다!"

탕~

짧고 둔탁한 소리가 울리는가 싶더니 진운과 그의 품에 안겨 있던 리엘은 순식간에 마을에서 사라져 버렸다.

"왼쪽입니다."

휙~

"오른쪽입니다."

휙~

"직진하다가 호수가 보이면 돌아… 그냥… 도 되는군요."

방향을 설명하려던 리엘은 눈앞에 펼쳐진 커다란 호수를 보고 돌아가자 말하려 했지만, 이미 진운의 몸은 호수 위를 날고 있었다.

그러나 아무래도 중력의 힘에 의해 점점 호수로 떨어지고 있었다.

순간,

찰싹!

가볍게 진운이 물을 차자 또다시 하늘로 치솟아 오른 상태가 되었다.

그렇다 보니 구태여 돌아가는 것만 해도 말 타고 한 시간은 걸리는 거리를 굳이 그러지 않고 한 번의 도약만으로 건너 버리는 괴물 같은 진운이었다.

"리엘 방향!"

"넷! 앗! 왼쪽입니다."

진운이 겨우 한 번의 도약도 도약이지만 사람이 물을 차고 뛰어오른다는 사실에 멍하니 있던 리엘이었다.

그러다 진운의 짧은 외침에 다시 정신을 차리고 안내를 시작했다.

사실 하늘을 거의 날다시피 날아온 진운과 리엘에게 딱히 장애물이랄 것은 없었다.

그렇게 메시지에 적힌 도시 포가튼에 도착한 것은 해가 살짝 지려고 하는 저녁 무렵쯤이었다.

마을이 눈에 보이는 곳에 도착하고서야 리엘은 다시 땅에 발을 디딜 수가 있었다.

"저기가 포가튼인가?"

도시 포가튼이 한눈에 내려다보이는 조금 높은 산봉우리

에 서서 진운이 중얼거리자,

"네, 저기가 대륙에서 노예상인이 가장 많은 도시입니다. 보통 노예도시 포가튼이라고 부르기도 합니다."

"노예도시라……. 노예제도가 합법이었나?"

레이나에게 듣기로 대륙의 노예제도는 당연히 불법이라고 들었다.

물론 그런 법이 제대로 지켜질 리가 없다는 것은 진운이 더 잘 알고 있었지만 말이다.

"합법……? 그게 뭡니까?"

어릴 때 노예로 끌려와 법의 혜택을 누리기도 전에 노예 생활을 시작한 리엘에게 합법이냐 불법이냐는 애초에 쓸데없는 말일 뿐이었다.

이미 리엘의 인생이 법과 완전히 동떨어져 있었으니 말이다.

노예는 법의 보호를 받지 못한다고 대륙의 법률에 있다는 말을 들은 적이 있는데 참 이상하지 않는가.

노예라는 것 자체가 불법이라고 법에 쓰여 있는데도 웃기게 다른 법에는 노예는 법의 보호를 받지 못한다고 쓰여 있으니 말이다.

법이라는 테두리 안에서 보면 노예가 불법인데 노예가 법의 보호를 받지 못한다는 것은 애초에 성립 자체가 안 되는 것이었다.

하지만 이곳 도시 포가튼에서는 그게 가장 대표적인 법이기도 했다.

물론 노예가 불법이라는 것은 아예 꺼내지도 않고 오로지 노예는 법의 보호를 받지 못한다는 것만 떠들어대는 곳이었다.

"리엘."

"네, 진운님."

"너 얼마에 팔렸다고 했지?"

"60골드입니다."

10골드가 평민들 한 달 생활비 정도라고 했으니 60골드면 결코 적은 금액은 아니었다.

하지만 인간을 사고판다는 것을 생각할 때 확실히 60골드는 헐값이긴 했다.

그만큼 리엘은 노예상인의 기준으로 봤을 때 안 팔리고 안 팔리기에 용병에게 헐값이라도 팔아 치워야 할 만큼 말이다.

"너를 판 놈 얼굴 기억하니?"

"…네. 하지만 그분은 병 때문에 죽었다고 들었습니다."

"……."

지운은 다른 건 몰라도 자신을 노예로 판 인간 말종을 그분이라고 아직도 칭하는 리엘의 사고방식에 한숨을 쉬면서도 아쉬워했다.

이미 죽어버린 녀석을 또 죽일 수는 없으니 말이다.

하지만 아직 완전히 끝난 것은 아니었다.

리엘을 칼받이시키려고 했던 블락이라는 녀석이 남아 있었다.

물론 일부러 찾아다니진 않겠지만, 혹시라도 만나게 된다면… 제 발로 찾아온다면 그건 죽여 달라는 뜻이니 말이다.

"가자."

굳이 이미 죽어버린 노예상인이 아니라도 진운에게는 이곳에 온 진짜 목적이 있기에 전 마을에서 크리스털을 팔아 받은 돈으로 산 로브를 리엘에게 하나 주고 자신도 뒤집어 쓴 뒤 포가튼 마을로 향했다.

물론 마을로 들어가기 전에 도시 입구를 철통같이 지키는 병사가 있는 것을 보고,

"리엘."

"네, 진운님."

"포가튼 안에서만큼은 난 용병, 넌 내 노예다 알겠지?"

리엘은 진운을 말을 듣고 눈치껏 도시 입구를 지키는 병사를 보고는 크게 고개를 끄덕였다.

왠지 그게 기특한 진운이 리엘의 머리를 살짝 쓰다듬으면서,

"가족을 찾으면 바로 포가튼을 떠날 테니까 그때까지만 조
심해라."

"네, 걱정 마세요. 전 원래 노예입니다."

"……."

묘하게 방금 그 말이 이상하게 듣기 싫어지는 진운이었다.

그리고 검열을 위해서 서 있는 줄을 서서 기다리다 자신의
차례가 되자 진운은 슬쩍 저번에 용병길드에서 받은 용병패
를 슬쩍 보여주었다.

"A급? 설마……. 증거를 보여봐라."

역시나 A급 용병이 홀로 여행하는 경우가 거의 없고 웬만
하면 용병단을 구성하거나 용병단에 속해 있는 편이기도 했
다.

이놈에 B급이나 C급 용병들이 가짜 A급 용병패를 만들어
속이는 경우가 너무 흔하다 보니 A급 용병패를 보이는 용병
은 거의 도시로 들어가는 경우 자신이 A급이라는 증거를 보
여줘야만 했다.

하지만 그것도 진운이 살짝 마나를 일으키자 용병패가 푸
른빛을 뿜어내자,

"진짜다!"

"…통과!!!"

사실 말이 용병이지, 마나를 다룰 줄 아는 A급 용병은 웬만

한 기사와 거의 동급의 무력을 가지고 있는 경우가 많았다.

물론 검술이나 그런 것은 기사보다 못하지만 그래도 용병 특유의 변화무쌍한 전술부터 시작해 다른 용병과 달리 A급부터는 병사들도 웬만해서는 함부로 대하지 않는 것이 관례였다.

특히나 이곳 포가튼의 경우 노예거래가 도시를 대표하는 곳이니만큼 용병들이 가장 많이 드나드는 곳이기도 했기에 그나마 용병이 대우받는 몇 안 되는 도시 중 하나이기도 했다.

"옆에는 뭡니까?"

진운의 용병패가 진짜 A급이라는 것을 확인하자 병사의 말투부터 존대로 바뀌어 버렸다.

"제 노예입니다. 이번에 하나 더 구입할까 해서 왔습니다."

"아~ 고객이셨군요. 들어가십시오~"

좋은 노예 구하라고 덕담까지 해주는 병사의 목소리를 뒤로하고 진운은 마을로 들어와서도 로브의 모자를 벗을까 하다가 아무래도 이미 진운의 검은 머리카락이 유명해진 만큼 그대로 쓰고 있기로 했다.

특히나 이곳은 용병이 많기로 소문난 도시였기에 더더욱 그랬다.

가족을 찾아야 하는 진운의 입장에서 뭔가 소란이 일어날수록 가족을 찾는 것이 힘들어 질 테니 말이다.

그런데 진운이 포가튼 입구를 지나 본격적으로 사람들이 많은 곳으로 발을 들이자 지금까지완 완전히 다른 풍경이 펼쳐졌다.

지금까지 진운이 대륙에서 봤던 그 어떤 도시보다 사람의 숫자가 많았고, 노예도시 포가튼이라는 말이 그냥 나온 게 아닌 듯, 시선을 옮기는 곳마다 다리에 쇠고랑을 찬 노예들이 심심치 않게 보였다.

"거, 당신 노예 내 취향인데 가격 후하게 쳐줄 테니 파슈."

진운 옆에 슬쩍 다가온 대머리에 수염을 기른 나름 근육질의 남자가 헛바닥으로 자신의 입술을 닦으면서 리엘을 쳐다보는데 딱 봐도 변태적인 눈빛이 가득했다.

눈빛만 잠깐 마주쳤을 뿐인데도 리엘이 본능적으로 대머리 녀석의 눈빛이 무서운지 진운의 곁에 다가와 등 뒤로 숨어버릴 정도였으니 말이다.

스윽~

진운은 대머리를 한번 쳐다보더니 나직하게,

"꺼져."

"……??"

대머리는 순간 자신이 잘못 들었나 싶은 생각에 진운의 얼

굴 가까이에 귀를 가져다대더니,

"방금 뭐라고 했냐?"

마치 진운을 놀리듯 제스처까지 취하고 있었다.

그러거나 말거나 진운은 조용히 대머리의 턱에 손을 가져다 대는 순간 대머리는 자신의 몸이 허공에 뜨는 느낌을 받았고.

부웅~

쾅~!

거의 몸무게만도 150kg은 거뜬히 넘을 것 같은 대머리를 한 팔로 턱만 잡아 그대로 땅바닥에 메다꽂아 버렸다.

덩치가 워낙 크다 보니 주변에 시선이 집중되는 것은 당연했고 곧이어,

"거기 뭐야!!!"

병사 네 명이 한 조인 듯 달려와 진운에게 위협적으로 다가오는 것이다.

"너 뭔데 여기서 소란이야!!"

워낙에 노예를 사고파는 곳이고, 용병은 기본이고 나름 세상에서 거칠게 굴러봤다는 녀석들이 심심치 않게 모이는 곳이라 그런지 병사들도 무조건 큰소리부터 치는 것이다.

하지만 그러거나 말거니 진운은 품에서 자신의 용병패를 꺼내 보여주었다.

"A급 용병? 험험……. 무슨 일입니까?"

확실히 용병이 대접받는 몇 안 되는 도시다웠고, 무엇보다 같은 용병이라도 등급에 따라 대우가 하늘과 땅 차이였다.

"저놈이 제 노예 엉덩이를 맘대로 만졌기에 가볍게 타일렀을 뿐입니다"

"아, 그렇습니까?"

병사들은 진운의 말을 듣고 진운 뒤에 무서워서 벌벌 떨고 있는 리엘을 한 번 보고 그제야 땅바닥에 기절한 채 거품을 뿜어대고 있는 녀석을 보았다.

"또 이놈이야?"

얼굴만 보고도 인상을 찡그리는 것을 보니 이미 여기에서도 나름 유명세를 떨치는 녀석인 듯했다.

"끌고 가. 거기 마차 빌려서 실어서 끌고 가도록 해. 그냥은 안 되니까."

거의 2미터에 달하는 키에 몸무게만 150kg이 넘어 보이는 거구의 사람이 완전 기절해서 축 늘어진 것은 상상 이상으로 엄청난 무게였다.

지금 땅바닥에 기절한 대머리를 끌고 가는 것은 애초에 불가능했다.

마차를 빌린 병사들은 네 명이나 붙어서 낑낑대면서 어떻게든 대머리를 실어보려고 씨름을 했지만 지쳐서 주저앉았다.

그 병사들이 마차에 올린 것은 대머리의 다리가 고작이었다.

도무지 흐느적거리는 통에 어떻게 할 방법이 없었던 것이다.

"안 되겠군. 가서 2조 불러와."

병사는 자신들 만으로는 도저히 안 되겠다고 생각했는지 다른 순찰중인 병사들을 불러오려고 하는데 진운이 슬쩍 다가가더니,

덥썩!

대머리의 멱살을 한 손으로 움켜쥐고는 너무나 가볍게 들어 올려서는 마차에 실어버렸다.

"이거면 됐습니까?"

"네! 감사합니다!"

병사는 자신들 넷이 달라붙어도 겨우 다리 두 짝 마차에 실고서 녹초가 되어버릴 지경이었다.

하지만 진운이 한 손으로 저 엄청난 거구를 가볍게 들어 마차에 올려놓는 것을 보고는 A급 용병이 그냥 A급이라고 대우를 받는 게 아니라고 생각해 버렸다.

사실 아무리 A급 용병이라도 지금 진운이 한 것처럼 한 손으로 기절한 거구의 남자를 들어 올리는 것은 자신의 모든 마

나를 쥐어짜야 가능할 만큼 말도 안 되는 것이었다.

그렇지만 이곳의 사람들은 딱히 A급 용병이 대단하다는 말만 들었지, 실제로 겪어본 적이 없기에 그저 진운이 A급 용병이기에 가능하다는 생각만 할 뿐이었다.

포가튼에 들어오자마자 작은 소동이 있긴 했지만 그 효과는 생각 이상으로 컸다.

"저 사람 진짜 A급 용병이라며?"

"내가 두 눈으로 봤어. 그 대머리 에쎈을 한 손으로 들어 땅바닥에 메다꽂아 버리는데, 휘유~ 장난 아니야. 나도 A급 용병이 강하다는 말을 들었지만 이건 뭐……."

"뭐, 에쎈을? 그 녀석 등급은 B급이지만 괴력에 덩치만도 웬만한 황소만 하잖아."

진운이 대머리 에쎈을 한 손으로 들어 메다꽂아 버리는 것을 본 사람들의 입을 통해 소문이 빠르게 퍼지기 시작했다.

그러더니 순식간에 손가락 하나로 에쎈을 땅바닥에 던져버렸다는 식으로 부풀려져 버렸다.

물론 자신에 대한 소문이 얼마나 크게 퍼지거나 말거나 진운은 가족을 찾기 위해 최대한 감각영역을 펼쳐놓고 익숙한 마나의 향기를 찾기 위해 포가튼 곳곳을 찾아 헤매고 있을 뿐이었지만 말이다.

"정말 넓네, 넓어."

　사실 대륙에 와서 이정도로 넓은 도시는 처음으로 온 진운은 지금까지 거쳐 온 마을과는 아주 차원부터가 다른 도시의 규모에 한숨부터 나와 버렸다.

　그리고 포가튼에서 감각영역에 집중하고 있는 진운을 대신해서 길을 안내하는 것은 당연히 리엘이었다.

　이곳에서 노예로 팔렸던 리엘이기에 생각 이상으로 많은 길을 알고 있었다.

　이곳 포가튼의 경우 도시 자체가 거대한 노예시장이나 마찬가지였기에 가둬놓고 노예를 파는 게 아니라 발과 다리에 쇠고랑을 채워서 도시를 정해진 날짜에 한 번씩 순회하는 것이 특징이라면 특징이긴 했다.

　뭐랄까, 찾아가는 서비스랄까?

　그렇게 노예들이 길을 걷다가 누군가의 눈에 띄면 그 자리에서 바로 거래가 이뤄지는 것으로 리엘도 그렇게 포가튼 도시를 순회하다가 블락의 눈에 뜨여 헐값에 팔린 것이다.

　사실 포가튼의 노예 시세가 아무리 싸게 팔아도 100골드인 것을 생각하면 정말 헐값에 팔리긴 했다.

　물론 지금은 여자애라는 것이 드러났기에 과거의 가격은 무용지물이지만 말이다.

　남성노예보다 당연히 압도적으로 여성노예가 인기가 많은 것은 어쩔 수 없었다.

노예를 구매하는 대부분의 구매자가 남자였으니 말이다.

그저 일시키는 것으로 끝나는 남성 노예와 달리 여성노예는 성노예로만 써도 충분히 몇백 골드의 값어치는 했다.

특히나 비쩍 마른 몸매의 리엘은 특이한 취향의 구매자들에게 의외로 인기가 있어 비싼 편이었다.

하지만 묶여서 순회하던 것과 달리 몇 시간 동안 계속 진운의 안내하게 된 상황에서는 눈에 띄게 발걸음이 느려지는 것은 어쩔 수 없었다.

본래 여자애인 데다 노예 생활로 살아오다 보니 체력이란 것이 있을 리 없었으니 말이다.

블락도 60골드에 자신의 여벌 목숨이라는 생각으로 샀기에 크게 리엘에게 관심이 있던 것도 아니었다.

물론 그 덕분에 여자란 것을 끝까지 숨길 수 있긴 했지만 말이다.

"잠시 쉬자."

무릎이 풀렸는지 휘청거리고, 가쁜 숨을 헐떡이면서도 절대로 진운의 명령이나 말이 없으면 쉬지 않는 리엘이었다.

하지만 결국 진운이 리엘을 데리고 가까운 여관으로 들어가야만 했다.

돈이 오가는 곳에 사람이 모이고, 사람이 모이는 곳은 활기가 넘친다고 했던가?

물론 진운이 본 포가튼은 그 말이 정확하게 들어맞는 곳이 긴 했다.

다만 가장 근본적으로 돈이란 것이 사람을 사고파는 용도로 사용된다는 것만 빼면 말이다.

"죄송합니다. 저 때문에……."

리엘은 자신을 안고서 하늘을 날다시피 뛰어서 몇 시간 만에 포가튼에 도착한 진운이 지쳤을 거라고는 생각조차 하지 않았다.

그런데 그런 진운이 쉰다면? 이유는 딱 하나 바로 자신 때문인 것이다.

사실 노예가 지쳤다고 쉬는 주인이 애초에 존재하지도 않은 대륙에 진운의 행동은 확실히 이상한 편이긴 했다.

"됐어. 여기서 만나기로 했으니 한동안 머물면서 찾아보면 되니까 밥부터 먹어라."

레이나가 있기에 진운은 최악의 상황까지는 생각하고 있지 않았다.

대륙에서의 경험과 지식만 따져도 진운은 상대가 되지 않는 게 바로 레이나였으니 말이다.

메시지도 용병들이 쓰는 방법으로 남긴 것만 봐도 그렇고 한글로 만날 곳까지 미리 써놓은 것도 그랬다.

다만 이곳 포가튼까지 오면서 진운의 감각에 가족이 느껴지지 않았다는 것이 약간 마음에 걸렸다.

그러나 레이나라면 최악의 상황까지는 가지 않을 것이라고 믿고 있는 것이다.

그러다 보니 자연스럽게 리엘에게 약간이지만 신경 써주는 것이 가능했다.

특히나 끼니 때마다 고기를 넣어서 리엘에게 먹이고 있었다.

얼핏 듣기로 영양실조로 왜소하고 성장이 느린 사람의 경우 영양공급만 잘되면 단기간에 본래의 체력을 회복하는 데 크게 문제없다는 것을 본 적이 있었다.

그래서 더더욱 일부러 고기를 사 먹이고 있는 것이다.

리엘의 체력이 강하면 그만큼 진운에게 득이 되면 득이 되지, 손해 볼 것은 없었으니 말이다.

특히나 가족을 찾기 전까지는 대륙의 생활에 밝은 지식을 가지고 있는 리엘의 존재는 진운에게 꼭 필요한 존재였으니 말이다.

물론,

와그작~ 와그작~ 우걱우걱우걱.

후루룩 츕~ 후루륵 츕~!

양손으로 음식을 닥치는 대로 먹어치우는 모습을 보고 있으면 언젠가 최소한 조용하게 밥 먹는 방법은 좀 가르쳐야 되지 않나? 하는 생각이 조금은 들긴 했다.

그렇게 거의 입안으로 음식을 쑤셔 넣는 리엘의 식사가 끝나갈 때쯤인가.

쾅!!

식당의 문이 거칠게 열리더니 용병 하나가 뛰어 들어왔다.

그리고 크게 심호흡을 하더니

"현상금 100만 골드짜리가 떴다!!!"

"응?!!!"

"100만 골드!!!?"

순식간에 식당 안이 조용해져 버렸다가 갑자기,

우당탕탕~ 우당탕탕~

마치 거대한 해일이 빠져나가듯 순식간에 좁은 식당문을 통해 아무런 사고 하나 없이 빠져나가 버리는 용병들이었다.

유일하게 이곳에 남아 있는 사람이라면 진운과 리엘이 전부였던 것을 보면 아마 이곳에 있던 전원이 용병인 듯했다.

그런데 진운은 방금 소리친 용병의 말을 가만히 생각하다가,

벌떡!!

"……?"

인상을 찡그리면서 그 자리에서 벌떡 일어섰다.

이에 리엘은 양손에 마지막 빵을 들고 먹으려다 진운이 갑

자기 일어서자 반사적으로 자신도 벌떡 일어섰다.

하지만 왜 일어선지는 전혀 모르는 눈치였다.

"젠장, 내 목에 걸린 현상금이 100만 골드였어."

처음에는 진운도 그냥 현상금이 뭐 별거냐 싶었는데 문득 너무 익숙한 액수가 뇌리에 남았기에 곰곰이 생각해 보았다.

그러곤 자신의 목에 걸린 현상금이 바로 100만 골드였다는 사실을 깨닫고는 바로 일어선 것이다.

현재 대륙에서 100만 골드의 현상금이 걸릴 사람들은 진운과 진운이 찾고 있는 일행뿐이었다.

"리엘!"

"컥!! 네 진운님!"

빵 먹다가 갑자기 진운이 부르자 억지로 가슴을 두드리면서 목에 걸린 빵을 삼킨 리엘이 대답하자마자 그녀의 손을,

덥썩!

잡아버리고는 그대로 자신의 품 안에 안아 들었다.

이미 몇 번 안아봐서인지 마치 물 흐르듯 자연스러웠고, 리엘도 능숙하게 진운이 안아 들기 편하도록 몸을 웅크리기까지 했다.

"젠장 늦지 말아야 할 텐데!"

그길로 바로 식당을 박차고 나간 진운은 옆에 건물의 벽을 타고 뛰어오르더니 마지막 지붕 꼭대기를 강하게 발로 차면

서 하늘로 치솟아 올랐다.

"어디냐, 어디냐."

포가튼 도시가 한눈에 들어올 만큼 높이 뛰어오른 진운은 자신의 마나를 최대한 끌어올려 감각영역을 사방으로 퍼트리며 용병들이 몰려가는 곳을 찾았다.

그리고 감각영역을 퍼트린 지 얼마 되지 않아 곧장 한곳을 향해 미친 듯이 질주하는 용병들을 찾을 수가 있었다.

"저기다!"

방향을 찾자마자 진운은 허공에서 떨어지는 상황에 아랑곳하지 않고 허공을 발로 차듯 힘차게 발을 굴렀다.

펑!!

공기가 찢어지는 소리가 들리더니 떨어지던 속도보다 빠르게 앞으로 향해 직선으로 날아가 버렸다.

하늘을 날아다니는 새도 도저히 하지 못할 엄청난 것을 선보였지만 지금 진운에게 그런 것은 하찮을 뿐이었다.

탁!

허공을 격발시켜 용병들이 몰려가는 쪽으로 움직이기 시작했다.

결과적으로 하늘을 나는 것은 아니기에 진운은 가는 길마다 나뭇가지, 돌, 그것도 아니면 작은 웅덩이의 물 표면까지 발로 차면서 빠르게 나아갔다.

그렇게 얼마나 달렸을까?

"…레이나!!!"

진운의 감각영역에 드디어 그토록 찾아 헤매던 레이나의 마나가 느껴진 것이다.

그런데 레이나 주변으로 수백 명은 되어 보이는 기척이 느껴지는 것과 함께 레이나가 움직이지 않는 것을 느꼈다.

"포위됐군. 젠장!!"

어찌된 일인지 모르지만 수백 명의 기척이 레이나를 향해 모여들고 있었고 레이나는 움직이지 않고 있었다.

"늦지 마라. 제발 늦지 마라!"

펑!!

이제는 땅이 아니라 하늘에서 가속력을 올리듯 허공을 격발시키면서 발 구르기하는 진운의 모습은 마치 한 마리 새가 일직선으로 날아가는 모습 그 자체였다.

Chapter 11
위험한 일행

"헉헉, 어쩌죠?"

본은 옆에 레이나에게 물어보자 레이나도 굳은 표정을 쉽게 풀지 못하고 있는 중이었다.

지금까지 정말 잘 피해왔다고 생각했다.

하지만 하필 김미영이 갑자기 고열에 시달리는 바람에 회복마법을 사용해 봤지만 소용이 없자 어쩔 수 없이 약을 구하기 위해 길에서 벗어나 다른 마을을 들른 것이 이런 결과를 만들어 낼 줄은 레이나도 예상하지 못했던 것이다.

"포가튼까지만 가면 어찌 됐든 숨어들 수 있어요."

레이나는 자신이 메시지를 남긴 포가튼까지만 가서 어떻게든 버틴다면 꼭 진운이 와줄 것이라고 믿고 있었다.

하지만 그런 믿음을 실행하기에는 지금 자신들을 포위하고 있는 용병들의 숫자가 너무 많은 것이 문제라면 문제였지만 말이다.

“…많군요. 뒤쪽에 병사들까지 보이는 것을 보니… 아무래도 카르돈 제국 쪽에서 파견한 듯해요.”

용병뿐만이 아니라 용병들 뒤쪽에는 카르돈 제국의 병사로 보이는 녀석들도 뒤따라 올라오고 있는 상황에 더 이상 퇴로가 없어져 버린 것이다.

거기다 지금 레이나가 전투에 참여할 수가 없는 상황까지 겹쳐 버리자 일행의 전투력은 바닥을 치고 있는 중이었다.

“아내는 어때요?”

소지훈은 굳은 눈으로 레이나를 보았다.

레이나도 김미영의 배에 손을 대고 계속 힐 마법을 사용하고 있지만 레이나가 마법을 멈추면 다시 고열과 함께 고통을 호소하면서 괴로워해서 회복마법을 멈출 수 없었던 것이다.

현재 일행 중 가장 큰 전력인 레이나의 마법이 이렇게 묶여 버리자 그들이 취할 수 있는 것은 오로지 도망치는 것뿐이었다.

거기다 회복마법을 사용하는 데도 점점더 김미영의 입술

이 푸르게 변하면서 의식이 희미해져 가고 있는 통에 속이 바싹 타는 레이나였다.

"진운… 제발… 제발……."

레이나의 성격에 누군가를 이토록 불러본 적이 몇 번이나 있던가? 아마 없을 것이다.

거기다 김미영은 진운의 가족이었다.

차라리 이대로 용병들 칼날에 죽으면 죽었지, 김미영이 죽어가는 것을 두고 볼 수만 없었다.

레이나는 자신이 회복마법을 끊임없이 사용하는데도 겨우 고통만 줄여줄 뿐, 도대체 마법을 사용해도 계속해서 상태가 나빠지는지 이유를 알 수 없었다.

"도대체 왜… 이런 거지……? 왜……."

거기다 엎친 데 덮친 격으로 일행 중 의학에 가장 밝은 의사인 김미영 본인이 저렇게 아파서 정신이 오락가락하니 누구에게 물어볼 수도 없는 난감한 상황인 것이다.

챙!

"거의 다 왔습니다!"

본인 허리에서 한 팔로 검을 뽑으면서 레이나와 김미영의 앞을 막아서자 기다렸다는 듯,

와아아아아앙아!!!

와아아아아아아아아!!!

산이 떠나가라 수백 명의 고함 소리가 산을 울렸고 그 모든 소리는 산꼭대기에 있는 레이나와 일행들에게 고스란히 전달되었다.

수백 명 대 자신들은 겨우 여섯이었다.

그런데 그중에서 현재 싸울 수 있는 사람을 가만히 살펴본 본은 결국 자기 혼자라는 것을 깨닫고는,

"아가씨, 제가 길을 뚫겠습니다."

"네? 본 경!! 그게 무슨 말이에요?"

굳은 표정으로 검을 움켜쥔 본이 앞서려고 하자 아이린이 본의 허리를 움켜잡았다.

"미친 짓이에요!! 죽는다고요!!"

양팔이 있어도 사실 미친 짓이나 다름없는데 본은 한 팔까지 잃은 상태였다.

물론 본래 검술이 뛰어난 본이긴 했지만 기본적으로 기사의 검술은 양손 검술이 기본이었다.

당연히 본도 기사서임을 받은 만큼 양손 검법만 수련했기에 지금 한 손으로 수백 명이 밀고 올라오는 곳을 뚫겠다는 것은 한마디로 칼받이가 되겠다는 것이나 다름없었다.

그리고 아이린에게도 이제 믿을 수 있는 사람은 본이 마지막이기도 했기에 허리를 잡으면서까지 말리는 것이다.

그런데 그런 아이린의 자신의 허리에서 살짝 밀어낸 본은,

"아가씨, 이대로는 다 죽습니다. 누구든지 살아남아야 합니다."

본의 눈동자는 이미 자신이 죽는 한이 있어도 길을 뚫어서 어떻게든 한 명이라도 살려서 도망치게 하겠다는 의지가 가득했다.

"그래도 죽어요……. 미친 짓이에요……."

아이린은 울먹이면서 본에게 다시 매달리려고 했지만 본이 먼저 한 발짝 뒤로 물러서면서,

"기사는 자신이 섬기는 레이디를 위해 죽는 것이 영광입니다. 제 명예를 생각해 주시길 바랍니다, 아가씨."

"본 경……."

"나도 함께하지."

"……?"

"…소지훈님."

어설프게 롱소드를 부여잡고 본의 곁으로 걸어나온 소지훈의 표정도 잔뜩 굳어 있긴 마찬가지였다.

"안 됩니다. 진운님의 가족분이 죽으러 간다니요!!"

아이린인 본경을 말릴 때보다 더 격렬하게 소지훈의 허리를 붙잡고 늘어졌지만,

"난 내 가족을 지켜야 해요..그게 가장으로서 해야 할 일이에요, 아이린 양."

소지훈이 생각해도 한 팔을 잃은 본이 아무리 검을 다루는 일을 평생 했다고 해도 가망성이 제로에 가까운 것은 당연했다.

그리고 아파서 정신이 오락가락하는 자신의 부인 김미영을 한 번 쳐다보고는 레이라를 보더니,

"부탁합니다, 레이나 양."

소지훈의 말을 들은 레이나는 피가 배어나오도록 입술을 깨물었다.

그렇다고 자신이 나설 수도 없어 상황이 너무나 야속하기만 했다.

정말 최후의 상황이 오면 레이나는 다슬이와 김미영을 둘러메고 어떻게든 뚫고 갈 생각이긴 했다.

하지만 다른 사람들은 아무리 레이나라고 해도 어떻게 도와줄 수가 없는 것이다.

전투 엘프라는 별명으로 불리며 사람들에게 공포의 대상이긴 하지만 마법을 주로 사용하는 레이나에게 마법을 사용할 수 없다는 것은 한마디로 손과 발이 묶인 것과 다름없었다.

"뭐, 별 도움은 안 되겠지만 부탁하네."

소지훈은 본의 옆에 서서 무거운 롱소드를 어떻게든 들고 버티려고 노력하고 있었다.

“소지훈님, 제 뒤에 꼭 붙으십시오.”

“그러지요.”

소지훈은 본의 말대로 그의 뒤로 가서 자리를 잡았다.

“잘 들으세요. 본래 대규모로 병력이 몰이를 해서 사냥할 때 지금처럼 잠시 멈춰 있는 경우가 가장 적들이 대비를 단단히 하고 있는 때라 저희들이 달려들어 봐야 소용없습니다.”

“그럼, 언제……?”

“곧 녀석들이 일제히 달려들 겁니다. 그럼 그때가 마지막 기회가 됩니다.”

한마디로 미친 듯이 달려드는 적을 향해 뛰어들어야 한다는 소리였다.

얼핏 들으면 정말 미친 짓이었다.

물론 수백 명이 완전히 포위한 곳에 뛰어든다는 것 자체가 미친 짓이었다.

하지만 지금까지 본의 경험상 지금처럼 대기하고 있을 경우에는 명령이 바르게 전달되기 때문에 어디 한쪽이 기습을 당하더라도 금방 막혀 버릴 수밖에 없다.

하지만 진격이 시작되고 일제히 고함을 치면서 움직이기 시작하면 그때부터 누구의 명령도 녀석들의 귀에 들리지 않는다는 사실을 이미 여러 차례의 국지전을 겪으며 알고 있던 본이었기에 생각할 수 있는 방법이었다.

“그렇다면……?”

소지훈도 본의 말을 듣고서야 머리로는 이해를 했다.

하지만 전쟁의 경험이 전무한 소지훈이 과연 얼마나 미친 듯이 달려드는 적을 향해 뛰어들 수 있을지는 의문이었다.

본이 듣기로 소지훈은 전쟁은커녕 검도 한 번 제대로 잡아본 적이 없는 사람이라고 했으니 말이다.

“차렷!!!”

멀리서 지휘관으로 보이는 자가 소리치는 목소리가 우렁 찬지 멀리 있는 본의 귓가에도 들려왔다.

그 소리가 들리자 검을 잡은 그의 손에 저절로 힘을 들어갔다.

그는 알고 있는 것이다.

차렷이라는 구령 뒤에 나올 진격이라는 명령을 말이다.

“진격!!!”

역시나 본의 예상대로 진격 명령이 떨어지자 마치 수백 명이 내지른 고함 소리와 함께 수백 명의 광기가 마치 산을 뒤덮는 듯한 착각이 들만큼 사방에서 쏟아져 들어왔다.

하지만 수백 명이 거의 지척까지 칼을 들이밀며 달려들고 있지만 끝까지 냉정한 눈으로 가장 약한 녀석이 있는 곳을 찾고 있는 중이었다.

단 한 번의 기회.

　지금 이 기회를 놓치면 저들의 검 아래 이곳에 있는 사람들 중에 살아서 도망갈 수 있는 사람은 어쩌면 레이나가 유일할지도 몰랐다.

　그렇게 벼랑 끝에 몰린 본의 집중력은 상상을 초월했다.

　그런데 정말 마지막에 몰린 탓일까? 집중력은 하나의 기적을 일으키게 되었는데 본의 눈에 지금 달려드는 적들의 움직임이 갑자기 느리게 보이기 시작한 것이다.

　"……?"

　지금까지 느껴본 적이 없는 생소한 감각에 본이 당황하는 것도 잠시, 주변이 느리게 보이면서 동시에 그의 눈에 그렇게 찾았던 가장 약한 녀석이 시선에 들어왔다.

　꾸욱~

　"어쩌면… 가능할지도……."

　그저 주변이 느리게 보이는 것뿐이었지만, 본은 왠지 뚫고 나갈 수 있을 것 같은 생각이 들었다.

　왜 그런 생각이 들었는지 자신도 이유는 모르지만 그냥 저기를 자신이 공격하면 살아남을 수 있을 것 같다는 막연한 느낌만 있을 뿐이었다.

　"타핫!!!"

　본이 검을 높이 치켜들고 곧장 자신이 찍은 녀석을 향해 달려들려고 발을 움직이려고 하는 순간,

"……!!!"

돌연 본은 발걸음을 멈추더니 검을 그대로 내리는 것이다.

"왜 그러는 겁니까?"

소지훈은 돌연 검을 거두는 본의 모습에 당황해서 물어보자,

"오십니다."

"……??"

소지훈은 지금 본이 무슨 말을 하는지 전혀 모르는 눈치였지다.

그러나 본이 시선을 돌려 뒤돌아 레이나를 쳐다보자 이미 레이나도 느꼈는지 입가에 미소를 짓고 있었다.

"그가 오고 있어요."

"…설마 진이 녀석이 온다는 말……?"

소지훈은 레이나와 본이 동시에 그토록 기다리던 사람은 오직 진운뿐이었기에 생각할 수 있는 사람은 진운 외에 달리 있지도 않았다.

그리고 그들의 말이 끝나자마자

슈아아아아앙!!!

쾅!!!

마치 하늘에서 커다란 기둥이 떨어지듯 곧장 무언가 떨어지더니 엄청난 소리와 함께 흙먼지를 뿌리면서 내려왔다.

“진운님 !!”

“진운!”

“이 녀석아!!”

흙먼지 사이로 진운이 모습을 드러내자 다들 감격에 겨워 어찌할 바를 모르고 있었다.

“아저씨, 잠시 부탁해요.”

진운은 내려서자마자 소지훈에게 자신이 안고 있던 리엘을 넘겨주었는데 축 처진 것이 이미 기절해 버린 상태였다.

사실 상황이 위험하게 돌아간다는 것을 느낀 진운이 리엘의 상태는 생각하지 않고 허공에서 공기를 격발시키면서 거의 로케트 같은 속도로 날아온 탓이었다.

엄청난 속도와 함께 비행기 조종사들이 느낀다는 엄청난 중력을 느끼다가 기절해 버린 것이다.

“진아, 너 어떻게 하려고? 저기 수백 명이야, 수백 명.”

소지훈은 사실 본과 레이나가 왜 그토록 진운을 기다렸는지 이해를 못하고 있었다.

딱히 진운의 무력을 본 적이 없었으니 말이다.

하지만 그런 소지훈이 걱정하는 표정에 진운은 해맑게 웃으면서

“아저씨, 저 강해요. 누구보다.”

그러고는 고개를 돌려 미친개마냥 죽어라 달려드는 용병

들을 가만히 내려다보더니,

"마스터 스킬… 제3식. 확(擴)!!"

슈아아악!!!

진운이 마스터 스킬을 사용하자마자 그의 몸에서 엄청난 마나가 휘몰아치면서 사방으로 뻗어 나갔다.

순식간에 진운을 중심으로 반경 10여 미터에 마나의 원이 그려졌다.

그리고 그렇게 넓어진 마나의 원 안에 용병들이 들이닥치자 잠시 기다리던 진운은 최대한 많은 녀석들이 모이기를 기다리는 듯하더니.

"폭(爆)!!"

이라는 말이 떨어지기가 무섭게,

콰콰쾅!!!

쫘쾅!!!

마치 수십 개의 수류탄이 터진 듯 진운이 서 있는 곳을 중심으로 사방으로 엄청난 폭발음과 함께 주변이 깨끗해져 버렸다.

"……."

단 한 번.

진운이 쓴 것은 겨우 마스터 스킬 초입에 해당하는 스킬이었지만 그 파괴력은 상상을 넘어 커다란 충격이었다.

한순간에 고함 소리가 산을 흔들던 모습은 사라져 버리고 고요함만이 남아버렸으니 말이다.

"돈 때문에 덤비는 놈에게 자비 따윈 필요없지."

나직한 말이지만 진운이 일부러 마나를 실어 산 아래까지 퍼지도록 하자,

"마, 마스터다……. 마스터 슬레이… 가 나타났다……."

"마스터 슬레이가 나타났다!!!"

겨우 마스터 스킬 하나를 사용했을 뿐인데, 수백 명의 용병들이 공포에 빠져 버렸다.

무엇보다 진운을 향해 달려들었던 수십 명의 용병이 한순간에 시체는커녕 흔적조차 찾지 못하게 가루가 되어 사라진 것을 보았다.

더 이상 그들은 이성을 붙잡고 있도록 할 여유조차 남겨놓지 않은 상태가 되어 버렸다.

"죽는다! 마스터 슬레이는 못 죽여……! 안 돼……!!"

"살고 싶어!!!"

가장 가까이서 진운의 마스터 스킬 제3식을 두 눈으로 똑바로 본 녀석부터 땅에 검을 버리고 걸음아 나살려라~ 하고 도망가지 시작했다.

마치 도미노처럼 순식간에 용병들 전체에 공포가 퍼져 버렸고,

탱~!

챙챙챙!!!

무조건 살고 싶다는 본능이 모두의 머릿속을 지배했다. 검이고 뭐고 우선 무조건 던져버리며 오로지 살기 위해 산을 뛰어 내려가는 녀석부터, 뛰다가 넘어져 굴러가는 녀석까지 아비규환도 이런 아비규환이 없는 난장판으로 변해 버렸다.

“이놈들아!!! 도망가지 마라!!!”

상황을 전혀 모르고 있던 가장 뒤에 있던 지휘관이 갑자기 도망가는 용병들을 향해 소리쳤지만 그들 귀에 지휘관의 목소리가 들릴 리 없었다.

결국 그 많던 용병들은 불과 몇 분 만에 산에서 사라져 버렸다.

그리고 용병들 뒤에 있던 병사들의 눈앞에 펼쳐진 풍경은, 그들이 버리고 가버린 검과 레더 아머는 물론, 심지어 바지까지 심심치 않게 버려진 모습이었다.

“이런 버러지 같은 용병놈들……!!!”

카르돈 제국에서 진운의 잡아오라는 명령을 받은 지휘관은 용병들을 동원해서 진운은 아니지만, 그의 일행을 찾아서 산까지 몰아넣는 데 성공했다.

그때까지만 해도 정말 세상에 모든 것을 다 가진듯한 기분이었다.

그런데 그런 기분이 사라진 것은 산꼭대기에서 엄청난 폭발음이 들리고 난 뒤부터 산이 무너지듯 용병들이 사라지면서 동시에 사라져 버렸다.

"이대로 진격한다!!"

지휘관으로서는 거의 다잡은 먹이를 이대로 놓칠 수는 없는 법이었다.

빌립공작 가문에서 지금도 미친 듯이 날뛰면서 진운을 잡아오라고 하루에도 수십 번씩 난리치는 통에 지금 카르돈 제국의 황실은 그야말로 골치가 아파 죽을 지경이었다.

현재 황제의 동생이 바로 죽은 빌립공작의 아버지다 보니 진운은 뜻하지 않게 카르돈 제국의 왕족을 죽여 버린 것이다.

물론 공작이라는 것을 들었을 때 대충 왕족이겠거니 했지만 현 황제의 친조카일 줄은 몰랐었고, 그런 사정 때문에 지금 카르돈 제국에서 별의별 방법을 다 동원해서 진운과 일행을 잡아들이려고 혈안이 되어 있는 것이다.

오죽하면 어중간한 곳에 있긴 하지만 그래도 지도상으로는 아르돈 제국의 영토인 포가튼까지 병사를 끌고 온것만 봐도 충분히 알만했다.

아무튼 이대로 빈손으로 가면 중앙귀족들의 눈 밖에 나게 될 것이고 그럼 쥐도 새도 모르게 죽임을 당할 수도 있었다.

그로서도 필사적일 수밖에 없는 것은, 공을 세우면 중앙귀족으로 멋지게 진출할 수 있지만 실패하면 순식간에 몰락하는 것이 귀족의 세계였기에 죽기 아니면 살기였다.

"진격하라!!!"

검을 뽑아 들고 멋지게 하늘을 향해 치켜 올린 지휘관이 이제 검을 앞으로 내리기만 하면 창을 세워 잡은 병사들이 산으로 진격하려는 순간,

"그냥 죽어."

퍼걱!!!

휘익.

털썩.

떼구르르르르… 턱.

갑자기 허공에서 나타난 진운의 주먹이 지휘관의 안면을 그대로 후려쳐 버렸는데 쓰고 있던 투구까지 마치 종잇장처럼 찢어버린 것이다.

사람의 주먹질 한 방에 갑옷을 입은 사람이 저렇게까지 날아갈 수 있다는 것을 목격한 병사들은 순간 꿀 먹은 벙어리가 되어버렸다.

턱~

지휘관을 시원하게 날려 버린 진운이 사뿐하게 말에서 뛰어내려 천천히 걸어가면서,

"카르돈… 황제한테 전해라, 내가 찾아간다고."

그 말을 끝으로 뒤에 백여 명은 넘게 있던 병사들은 안중에
도 없다는 듯 걸어서 산 위를 올라가 버렸다.

"…어쩌지?"

지휘관이 죽어버렸다.

그것도 주먹 한 방에 말이다.

사실 병사들도 마스터 슬레이라고 해서, 그저 오러블레이
드를 휘두며 칼춤이나 추는 빌립공작과 비슷한 녀석으로 생
각했었다.

물론 빌립공작도 병사들에게는 재앙이나 마찬가지였다.

하지만 최소한 빌립공작은 도망가면 살아날 가망성이라도
있었던 것이다.

그런데 지금 자신들에게 등을 보이고 천천히 걸어 올라간
마스터 슬레이라고 불리는 자는 완전 차원부터가 틀렸던 것
이다.

갑자기 허공에서 나타나더니 말위에 기사를 주먹으로 죽
여 버리지 않나, 수백 명의 용병을 공포에 질려서 도망가게
하질 않나, 지금까지 병사들도 자신들이 알고 있던 마스터의
상식을 완전히 뒤집어 버리는 무력에 어찌할 바를 몰라 했다.

그때 병사들 중에 십부장 위치에 있던 병사가 창을 땅에 늘
어뜨렸다.

"돌아가자, 저런 괴물과 무슨 수로 싸워? 저기 기사님을

봐……."

그가 손가락이 향한 곳에는 얼굴도 알아볼 수 없을 만큼 완전히 박살이 나버린 머리를 가진 시체만 남아 있을 뿐이었다.

"가자, 죽으러 가는 것과 같잖아, 이건……."

죽은 지휘관의 시체는 병사들에게는 커다란 공포감이었고 마지막까지 싸워야 하는지 갈등하던 고민조차 한 방에 날려 버리기에 충분했다.

*　　　*　　　*

"누나!"

진운은 완전히 카르돈 제국의 병력까지 물러가는 것을 확인하고 나서 산으로 올라와 김미영의 상태를 보고는 속이 타 들어 가고 있었다.

"아저씨, 누나가 왜 이래요?"

답답한 마음에 소지훈에게 물어봤지만 그라고 뭘 아는 게 있는 것도 아니었다.

"갑자기 쓰러지더니 고열이 나면서 저렇게 되더구나."

"갑자기요?"

진운은 소지훈의 말에 놀라서 김미영을 바라보자 김미영 옆에 울다 지친 듯 잠들어 버린 다슬이의 얼굴에는 눈물 자국이 선명하게 남아 있었다.

사실 가족을 지키기 위해서 대륙으로 넘어오는 것을 선택했던 진운이었다.

하지만 정작 상황이 이렇게까지 되어버리자 오히려 이런 결정을 한 스스로를 한없이 원망할 수밖에 없었다.

"진운!!"

"응?"

김미영이 아픈 것 때문에 정신이 없는 진운에게 레이나가 소리치자 겨우 대답은 대답했지만, 신경은 이미 모두 김미영에게 향해 있을 뿐이었다.

"치료마법, 회복마법 모두 소용이 없어. 이제 믿을 건 진운뿐이야."

"나?"

레이나가 갑자기 진운의 손을 잡더니 김미영의 가슴에 올려놓고는,

"지금 이분의 마나를 느껴봐. 그리고 바로잡아야 해."

마나를 바로잡아야 한다는 레이나의 말에 진운이 황급히 눈을 감고 집중했다.

그러자 눈앞으로 투명한 선이 복잡하게 그려지기 시작했다.

그리고 곧바로 지금 그것이 바로 김미영의 몸에 흐르는 마

나의 흐름이라는 것을 알아채기까지는 그리 오래 걸리지 않았다.

"진운, 집중해서 찾아봐. 분명히 마나가 얽힌 곳이 있어. 인간에게 마법이 통하지 않는 경우는 딱 두 가지뿐이야. 마나 무반응 체질이거나, 아니면 마나가 얽혀서 반응을 하지 않거나 말이야."

확실히 마법사답게 자신의 마법이 전혀 소용없다는 것에 지금 김미영의 상태가 어떤지 알고 있었던 레이나였다.

다만 자신은 마나를 투영할 수 있는 능력이 없었고, 마나를 바로잡을 능력 같은 것은 더더욱 없었다.

그렇기에 무조건 김미영이 죽지 않도록 마법을 사용해 억지로 숨을 잡아놓고 있었던 것이다.

사실 지금까지 김미영이 살아 있는 것도 모두 레이나의 엄청난 마법 때문이었다.

일반적인 마법사라면 이런 짓은 벌써 몇 시간 전에 때려치웠을지도 몰랐다.

마법이 소용없는 상대에게 치료마법과 회복마법을 쉴 틈 없이 쏟아부어야 하는 이런 미친 짓을 어떤 마법사가 하겠는가?

아마 진운이 오기 훨씬 전에 마나 고갈로 마법사거 먼저 죽어버렸을 지도 몰랐다.

“찾았어?”

지금 진운이 김미영의 마나를 투영하고 있는 순간에도 레이나는 끊임없이 회복마법을 김미영의 몸에 쏟아붓고 있는 중이었다.

지금이야 숨이 넘어가기 직전까지 김미영의 상태가 악화되어 있지만 진운이 마나가 얽힌 곳만 찾아서 풀어버린다면, 지금까지 레이나가 쏟아부은 마나가 일제히 반응해서 한꺼번에 활성화될 것이다.

그렇다면 거의 죽은 사람도 살린다는 리커버리에 가까울 만큼 엄청난 회복마법이 실현될 것은 자명했다.

그렇기 때문에 레이나는 자신의 마나가 거의 바닥을 보이고 있는데도 끊임없이 회복마법을 사용하고 있는 이유였다.

“잠시만… 조금만…….”

진운은 자신의 손을 통해 김미영의 몸 안의 마나를 모두 찾기 시작했지만 너무나 복잡하게 얽혀 있어서 어디가 꼬였는지 쉽게 눈에 보이지 않는 것이다.

그러다가 문득,

“고열과 함께 쓰러졌다.”

라는 소지훈의 말이 생각난 진운은 다른 곳을 제쳐두고 김미영의 머리 쪽에 집중하기 시작했다.

뇌가 있는 머리는 일반적인 핏줄이 흐르는 몸보다 더욱 복잡했다.

자칫 실수로 마나가 흐르는 멀쩡한 곳을 건드리기라도 하면 김미영은 영원히 깨어나지 못할 수도 있었던 것이다.

하지만 하늘이 도운 걸까? 진운이 집중하면서 머리에서 찾기를 얼마나 지났을까.

"찾았다!!"

김미영의 뒤통수 부분의 마나가 심하게 얽혀서 마치 커다란 공 모양처럼 변해 있는 것을 찾아낸 것이다.

일반적으로 몸에서 마나가 얽히는 경우가 많은 것과 달리 김미영의 경우 뇌에서 마나가 얽혔기에 고열과 함께 아무리 회복마법을 써도 소용이 없었던 것이다.

뇌에 이상이 생겼는데 아무리 몸을 회복시켜 봐야 아무 소용이 없을 테니 말이다.

"…엄청 얽혔어."

진운이 자신의 마나를 컨트롤해서 김미영의 뒤통수에 얽힌 마나를 풀기 시작했지만 마치 누군가 일부러 단단히 묶어놓은 듯 쉽게 풀리지 않았다.

"천천히 해, 아직 내가 버틸 수 있어. 헉헉……. 천천히 해. 실수하면 죽어……."

말로는 진운에게 아직 버틸 수 있다고 하지만 바벨의 탑에서조차 그 수많은 마족 시체를 남길 만큼 홀로 싸워서 최상층까지 올라갔던 레이나였다.

그런 레니아가 지금 지쳐서 숨을 헐떡이고 있다면 정말 한계까지 다다른 것이기에 진운도 조바심이 날 수밖에 없었다.

"제발… 풀려라. 풀려… 제발……!!"

어떻게 꼬여야 이 정도로 꼬일 수 있는지 김미영의 마나가 쉽사리 풀릴 기미가 보이지 않았다.

그래서 진운은 결국 가슴에 대고 있던 손을 김미영의 머리로 직접 가져다 대고는 모험을 하기로 했다.

"이대로는 레이나까지 죽어버려."

레이나가 자기가 죽을지언정 회복마법을 멈출 생각이 없었고, 레이나의 회복마법이 멈추는 순간 김미영도 죽는 것은 시간문제이긴 마찬가지였다.

결국 둘 다 살리기 위해서는 진운으로서도 모험을 할 수밖에 없었다.

"레이나."

"응……? 헉헉… 헉헉……."

"직접 내 마나로 누나의 머리에 얽혀 있는 마나를 타격해서 풀 생각이야."

진운의 말을 들은 레이나는 힘겹게 고개를 저으면서

“안 돼. 헉헉, 실수로 다른 마나가 흐르는 길을 헉헉… 건드리면 오히려 더 얽혀 버릴 거야.”

마법사인 레이나에게는 진운의 방법은 무식함을 넘어서 완전 도박이나 마찬가지였다.

얽힌 마나를 때려서 푼다니? 지금까지 그 어디서도 들어본 적이 없는 방법이었다.

물론 마나가 얽혔을 때 마나로 충격을 줘서 푼다는 것이 이론적으로 전혀 불가능한 것은 아니었다.

하지만 그만큼 직관적으로 타격이 가기에 자칫 실수로 마나의 길이 버틸 수 있는 한계를 조금만 강하게 때리기만 해도 얽힌 마나가 터져 버릴수도 있고, 약하게 때리면 오히려 반동으로 다른 멀쩡한 마나와 더욱 단단하게 얽혀 버릴 가망성이 높았다.

한마디로 완전 운에 맡기는 치료 방법이었다.

진운도 상황이 이 정도로까지 악화되지 않았다면 이런 방법을 사용할 생각조차 없었다.

하지만 이것 외에는 하나씩 일일이 풀기에 김미영의 마나가 너무 단단하게 얽혀 있었고, 이걸 모두 풀다가는 그전에 레이나가 마나 고갈로 죽어버릴 판이었다.

결국 선택의 여지가 없는 것이다.

“단 한 번.”

깊은 심호흡과 함께 진운은 자신의 마나를 양손에 모으기 시작하더니 김미영의 머리를 감싸듯 쥐고서 집중하기 시작했다.

"살아줘요, 누나. 제발… 이대로 죽으면 안 돼."

살아만 난다면 다시 지구로 모두 데리고 돌아가 차라리 자신이 옆에서 지키겠다고 맹세한 진운은 거의 극한까지 정신력을 집중하더니,

"핫!!"

짧은 기합과 함께 김미영의 머릿속에 마나를 쑤셔 넣었다.

텅~

마나를 투영해서 직접 보고 있는 진운에게만 들리는 충격음이 들렸다.

하지만 잠깐 꿈틀했을 뿐, 얽힌 마나의 덩어리가 별다른 반응을 보이지 않자 진운은 다시 한 번 더 마나를 쏘아보려고 했다.

"안 돼, 진운!! 다시 하면 정말… 죽어……."

레이나가 진운의 손을 잡으면서 너무나 강력하게 말렸기에 집중이 흩어져 버린 진운은 허탈한 한숨밖에 나오지 않았다.

"안 돼, 이대로 죽으면……. 누나… 차라리 지구에 있었다면… 이런 일은 없었을 텐데… 지구라면……."

죽어가는 김미영을 보면서 진운은 마치 자신이 그녀를 죽이는 것 같은 아픔에 모든 것이 무너져 내리는 것 같았다.

점점 김미영의 심장이 뛰는 소리가 약해지는 것이 진운의 귀에 너무나 똑똑하게 들리는 것과 동시에,

풀썩~

레이나마저 결국 마나 고갈로 얼굴이 새하얗게 변하면서 기절했다.

천만 다행인지 아니면 레이나의 마법적 경지가 높아서인지 그래도 숨은 붙어 있었다.

마나 고갈은 곧 마나 역류로 이어져 마법사에게는 사형선고나 마찬가지였지만 레이나에게는 그런 일이 전혀 일어나지 않을 것이다.

어쩌면 엘프이기에 그나마 살아남았을 지도 몰랐다.

"레이나까지… 젠장할……!!!"

기절해 버린 레이나를 가슴에 끌어 앉은 진운이 결국 참았던 눈물을 흘리기 시작했다.

주위의 다른 사람들도 새파랗게 변해 버린 김미영의 얼굴에 차마 보지 못해 얼굴을 돌려 버렸다.

다만 다슬이는 그대로 차가워져 가는 김미영의 품에서 잠들어 있었고, 소지훈은 죽어가는 그녀의 손을 말없이 잡고 있을 뿐이었다.

두근… 두근… 두근… 두…….

진운의 귓가에 마지막까지 힘들게 뛰던 김미영의 심장이 멈추는 소리가 들리자,

"누나……."

조용히 고개를 떨군 진운이었다.

그런데 그때였다!

화아아아아아아아아아악!!!

갑자기 푸른색의 엄청난 빛이 그녀의 몸에서 뿜어져 나오더니 돌연 진운의 귓가에 들리는 소리는,

두근… 두근… 두근두근…….

"…어, 어떻게……?"

지금까지 레이나의 모든 마나를 쏟아부은 회복 마법과 치료마법이 동시에 활성화되면서 엄청난 빛과 함께 김미영의 몸 전체를 감싸 버린 것이다.

그리고 멈췄던 김미영의 심장이 천천히 다시 뛰기 시작하더니 곧 정상적인 사람처럼 규칙적인 소리로 심장이 움직이고 있었다.

"살아난 거지……?"

소지훈도 완전히 체념했던 상황에서 눈부신 빛과 함께 푸른빛의 김미영의 얼굴이 불그스름하게 변하면서 혈색이 돌아오는 것을 보고는 진운에게 물었다.

"…아저씨, 살아났어요. 누나가 살았어요!!!"

마법 치료를 방해하던 김미영의 얽힌 마나가 그녀의 심장이 멈추는 순간 자동으로 느슨해졌고, 그때 진운이 얽힌 마나에 줬던 충격 때문에 한번 저절로 풀리기 시작한 마나는 순식간에 완전히 풀려 버렸던 것이다.

그동안 마법을 사용해도 활성화를 막았던 마나의 얽힘이 사라지자 레이나가 그녀의 몸에 쏟아부은 엄청난 양의 치료마법과 회복마법은 마치 폭탄이 터지듯 한꺼번에 활성화해 버렸던 것.

그 결과 마치 죽은 살린다고 알려진 치료계 최강의 마법인 리커버리보다 훨씬 높은 마법이 발휘되어 버렸다.

레이나의 포기하지 않는 노력, 진운의 끝까지 살리고자 했던 도박 같은 시도가 합쳐져서 결국에는 김미영을 살려내는 데 성공한 것이다.

그제야 진운도 몸에 긴장감이 사라져 그대로 나무에 등을 기대어 쉴 수가 있었다.

"다들 여기서 뭐해?"

마치 자다 일어난 것처럼 쌩쌩한 모습으로 모두를 둘러보면서 한마디 하는 모습에,

"당신 방금 죽었다 살아났어."

소지훈이 말해주자,

“내가 죽었었어?”

김미영은 자신이 죽었다가 깨어났다는 말에 고개를 갸웃거리더니 일어나 온몸을 움직여보고 여러 가지 행동을 하더니 씨익 웃었다.

“뭐, 나중에 한 번 정밀 검진을 해봐야겠지만 지금 멀쩡한 거 보니 뭐 괜찮은데?”

바로 방금 전에 죽었다 깨어난 사람이라고는 믿어지지 않을 만큼 쌩쌩한 모습으로 돌아온 김미영은 진운이 알던 그녀 그대로였다.

“진아!”

“네, 누나.”

진운은 그녀가 살아 있다는 것만으로도 그저 감사할 뿐이었지만,

“나랑 잠시 면담 좀 해야겠다.”

“네?”

되살아나자마자 진운을 끌고 한쪽으로 가더니 쏟아진 그녀의 잔소리에 무려 한 시간이 넘도록 시달림을 당해야만 했다.

물론 잔소리를 듣는 와중에도 언제나 싱글벙글거리는 진운 이었기에 김미영은 왠지 자신이 잔소리를 하면서도 이상하게 자기가 손해 보는 느낌을 받았다.

Chapter 11
복수는 나의 것

“정말 갈 거야?”

며칠 동안 진운의 마나 주입도 받고 푹 쉬면서 완전히 회복한 레이나가 진운을 향해 걱정스러운 듯 물어보았다.

하지만 진운은 오히려 씨익~ 웃으면서,

“그럼 이대로 그냥 모른 척해? 그건 더더욱 안 되잖아.”

“하지만 상대는 카르돈 제국의 황제야.”

지금 진운은 모두가 회복되자 곧바로 병사들에게 말했던 것처럼 카르돈 제국의 황실을 단신으로 쳐들어갈 생각이었다.

당연히 레이나가 보기에 진운의 지금 결정은 무모함을 넘어서 바보 같아 보이기만 했다.

하지만 진운은 그런 레니아를 한번 보고 다슬이와 놀고 있는 김미영을 한번 쳐다보고는,

"게티아가 마력을 회복하는 대로 지구로 모두 떠나겠지만… 그놈들을 그냥 두고 떠나는 건 내가 용납 못해, 절대로."

김미영이 죽었다 살아난 경험, 레이나까지 잃어버릴 뻔했던 경험은 절대로 경험하고 싶지 않은 것이었다.

특히나 이제 진운에게 남은 가족과 동료라고 부를 수 있는 레이나와 김미영이 당했던 고통을 생각하면 지금 카르돈 제국 전체를 뒤집어 버리고 싶은 심정이었다.

하지만 카르돈 제국의 평범하게 살던 사람들에게는 아무런 죄가 없기에 직접적으로 명령을 내린 황제와 빌립공작의 아버지라는 녀석으로 최대한 줄인 것이다.

문제는 진운은 혼자였고, 상대는 카르돈 제국의 황제가 사는 황실이라는 것이었다.

거기다 카르돈 제국의 마스터가 아직 한 명 더 남아 있는 상황으로 레이나는 아무리 생각해도 이건 미친 짓으로밖에 보이지 않았다.

그렇기에 어제부터 진운을 계속 말리는 중이지만 진운의 생각은 전혀 변함이 없었다.

오히려 칼라드볼그까지 아공간에서 꺼내든 진운이,

"여차하면 그냥 황실 통째로 부숴 버리면 돼~"

라는 말을 하면서 마신을 잡으라고 준 신검을 대륙에서 단 둘뿐인 제국 중에 하나인 카르돈 제국의 황실을 통째로 부숴 버리는데 쓰겠다고 말하면서 오히려 상황이 더욱 안 좋게 바뀌기만 했다.

결국 보다 못한 레이나가 소지훈과 김미영을 끌어들였지만,

"진아!"

"네, 아저씨!"

"확실하게 부숴 버러라!"

오히려 진운을 응원하는 소지훈과 더불어,

"진아!"

"네 누나!"

"아주 가죽을 벗겨 버려!! 알았지?"

착하긴 하지만 한 번 화내면 그 누구도 못 말리는 김미영의 화끈한 성격에 오히려 레이나의 그동안 노력이 완전히 물거품이 되어버린 것이다.

그런데 그런 상황에 진운의 곁에 슬쩍 다가온 리엘이 진운의 옷자락 끝을 살짝 잡더니,

"진운님."

“응?”

“저도 따라가면… 안 되나요?”

자신이 했던 말이 있는지 조심스럽게 진운에게 한마디 했지만.

“안 돼!! 여자애가 어딜 가?”

김미영이 오히려 리엘의 손을 낚아채더니 지산의 품으로 끌어당겼다.

“진아~ 절대로 여자애는 안 된다~ 알지?”

혹시라도 진운이 데리고 갈까봐 미리 못 박아버리는 김미영이었다.

진운은 피식 웃으면서,

“걱정 마세요, 저 혼자 갈 거예요. 레이나는 이곳에서 가족을 지켜줘, 알지?”

결국 진운의 고집을 꺾지 못한 레이나가 고개를 숙여 버리자 진운은 피식 웃으면서,

“걱정 마. 나를 가르친 사람이 바로 레이나 너야. 그럼 알지 않아? 내가 얼마나 강한지. 마스터 스킬조차 모르는 녀석한테 내가 당할 일은 없어, 절대로. 그리고 나도 나름 생각 없이 가는 건 아니니까 걱정하지 마.”

“그야… 그렇다지만…….”

더 이상 진운을 말리는 것도 못할 짓이라는 것을 느낀 레이

나가 포기해 버리자 더 이상 진운의 길을 막는 것이 없었다.

그길로 바로 레이나의 아공간에 있던 초코바 몇 개와 물 한 통만 챙긴 진운은 칼라드볼그를 어깨에 걸쳐 메고 미리 봐둔 방향을 향해 뛰어오르더니 순식간에 모두의 시야에서 사라져 버렸다.

"괜찮겠지?"

김미영은 진운이 완전히 시야에서 사라지는 것을 보고 나서야 그동안 숨겼던 마음을 드러낸 듯 걱정스러운 표정을 짓기 시작했다.

"알잖아, 저 녀석. 절대로 안 죽어. 걱정하지 마. 그러기에는 너무 세더구만 뭐."

소지훈은 진운이 사용한 마스터 스킬의 엄청난 무력을 직접 눈으로 본 사람으로 약간의 불안감은 있지만 자신이 무조건 진운의 하는 것을 막아설 수는 없는 법이었다.

가족이라고 하지만, 진짜 가족은 아니니 말이다.

그저 자신은 진운이 가야 할 길에 도움이 되면 그것으로 만족하는 소지훈과 김미영이었다.

"엄마!! 초코바 주세요."

"응? 다슬이 벌써 다 먹었어?"

입에 초코릿을 가득 묻힌 채로 해맑게 웃으면서 김미영의 품에 안긴 다슬이는 자신이 잠든 사이에 무슨 일이 있었는지 전혀 모르는 듯했다.

사실 그도 그럴 것이 김미영이 갑자기 아프기 시작하자 다슬이의 상태도 덩달아 이상해지기 시작한 것을 눈치챈 레이나가 엄마가 아프면 아이까지 덩달아 아프면서 상황이 나빠지는 경우가 제법 많았기에 마법으로 재워 버렸던 것이다.

그 당시에는 다슬이를 재워서 최소한 위험부담을 줄이는 것 외에는 레이나가 취할 수 있는 방법이 전혀 없었기에 어쩔 수 없었다.

"진이 오빠는?"

다슬이는 이상하게 진운과 딱히 친하진 않지만 어느 순간부터 다슬이가 진운을 따르기 시작하면서부터 오빠라고 불렀는데, 자신이 초코바를 먹는 사이에 진운이 보이지 않자 김미영에게 물어본 것이다.

"아, 잠깐 일이 있어서 어디 갔어. 금방 올 거야."

김미영은 어디 놀러간 것처럼 말했지만 다슬이는 그런 김미영을 빤히 쳐다보더니,

"엄마 걱정하지 마. 진이 오빠 웃으면서 돌아올 거야."

어린 다슬이마저도 자신의 기분을 위로하려고 한다는 생각에 김미영이 다슬이를 꽈악 안아주었다.

"진짠데… 난 보이는데……. 진이 오빠가 웃으면서 오는 게……."

라고 다시 말했지만 김미영은 그저 어린애 투정이라는 생각에 다슬이의 등을 토닥거리면서,

"그래, 웃으면서 돌아올 거야. 꼭."

그렇게 다슬이를 달래는 김미영이었다.

그런데 모두가 진운이 떠나는 모습을 가만히 지켜보던 레이나는 진운이 사라지자 그가 앉았던 곳으로 돌아와 그가 손가락에서 빼놓고 간 게티아를 가만히 쳐다보고 있었다.

"레이나, 결국 그걸 빼놓고 갔군요."

"응……."

레이나는 진운이 아무도 몰래 칼라드볼그를 아공간에서 끄집어내고는 직접 손가락에서 그동안 한 번도 뺀 적이 없는 게티아를 빼더니 레이나가 쉬는 곳에 몰래 두고 가버린 것이다.

물론 레이나는 진운이 게티아를 빼놓고 간 것이 무슨 뜻인지 알고 있기에 마음이 더욱 복잡할 뿐이었다.

혹시라도 자신에게 무슨 일이 생긴다면 레이나가 게티아를 어떻게든 사용해서 모두를 지구로 돌려보내 달라는 것이니 말이다.

한마디로 진운도 지금 엄청난 위험 부담을 안고 떠난 것이었다.

하지만 굳이 가야 하는 이유는 그만큼 진운의 분노가 컸다

는 것도 있지만, 사랑하는 사람을 잃을 뻔했다는 경험은 도저히 이대로 지구로 돌아가는 것 자체를 스스로 거부했기 때문이다.

*　　*　　*

"겁나게 머네, 진짜."

벌써 일행이 숨어 있던 커다란 동굴이 더 이상 진운의 눈에도 보이지 않을 만큼 까마득히 먼 곳으로 왔을 무렵 잠시 쉴 요량으로 가장 큰 나무 꼭대기 가지위에 멈춘 진운은 다시 한 번 방향을 확인했다.

"이대로 쭈욱~ 가면 카르돈 제국의 황실이란 말이지?"

철컹!

어깨에 걸치고 있던 칼라드볼그를 잠깐 흔들어 본 진운은 잠시 생각에 잠겼다.

마신을 잡으라고 준 신검이 바로 칼라드볼그였다.

하지만 딱히 지금까지 마신다운 마신과 싸운 적도 없었고, 칼라드볼그가 과연 신을 죽이는 신검이라는 말이 맞는지 의심스러울 만큼 사용 빈도가 너무 적었던 것이다.

"최소한 내 마나를 모두 쏟아부으면 뭐, 황실 정도는 부숴 버리겠지?"

그래도 최소한 신을 죽이는 신검이라는 이름이 아깝지 않고, 마족들이 칼라드볼그를 극도로 두려워한 것을 생각하면 최소한 카르돈 제국의 황실정도는 부숴 버릴 수 있을 것 같다는 희망을 걸고 있었다.

그리고 진운이 레이나에게 말했던 계획이 바로 여차하면 말했던 대로 카르돈 제국의 황실을 통째로 날려 버리는 것이 진운의 유일한 계획이기도 했다.

"정면으로 쳐들어간다고 했으면 레이나는 따라온다고 고집 피웠을지도 모르니까. 쩝."

레이나에게 살짝 거짓말한 것은 미안하긴 하지만 이건 정말 진운이 혼자 처리해야 할 뒷감당이었다.

소지훈과 김미영, 그리고 다슬이를 대륙으로 데리고 온 것은 바로 진운 자신이었다.

결과적으로 안전할 것이라고 생각했던 대륙이 오히려 그들에게는 지구보다 더 위험하다는 사실을 이번에 절실히 느낀 진운은 그냥 게티아의 마력이 회복하는대로 모두 지구로 돌아가기로 한 것이다.

차라리 바로 옆에 있는 것이 몸이 힘들어도 마음이 편할 것 같다는 생각 때문이었다.

김미영을 잃을 뻔했던 경험이 진운의 생각을 완전히 뒤집어 버린 것이다 진운은 무조건 안전만 생각하는 사고방식을 보였다.

하지만 이번 김미영의 죽음까지 갔던 경험을 한 뒤로 차라리 곁에 있는 것이 행복일지도 모른다 느끼면서 멀리 떨어져 있어도 살아만 있다면 괜찮을 거란 자신의 생각이 얼마나 이기적이었는지도 다시금 깨닫게 되었다.

물론 이런 귀중한 경험을 하게 해준 녀석들에게는 그 보답을 확실하게 해줘야만 했다. 그렇지 않으면 편히 잠들지 못할 것 같으니 말이다.

"최대한 빠르게 치고 빠르게 빠져나가야 해."

진운의 판단이 맞다면 아마 지금쯤 황실에 진운의 행적이 전해졌거나 아니면 지금 전해지고 있을 타이밍이었다.

물론 진운이 병사들에게 남긴 말도 아마 전해졌을지도 모른다.

하지만 귀족들이란 녀석들의 머리통 속에는 들어 있는 것이라고는 권위의식과 함께 자신들은 특별한 존재라는 쓸데없는 자만심이 전부라는 것을 잘 알기에 믿는 귀족이 있을까? 생각해 보았지만 아마 아무도 없을 것이다.

사실상 황실에 쳐들어온다는 것 자체가 상식적으로 말이 안 되는 것이니 말이다.

하지만 마스터 슬레이라는 별명이 붙은 진운이 한 말이지만 그것조차도 아마 콧방귀를 뀌면서 무시할 것이 분명했다.

그것을 진운이 예상할 수 있는 확실한 증거가 바로 김미영이 죽을 뻔했던 산에서의 전투 때문이었다.

진운을 잡으러 나왔다는 기사 녀석이 생각한 것이라곤 겨우 용병을 동원해서 6.25전쟁 때 그랬던 것처럼 무조건 몇백 명이나 되는 용병을 동원해서 밀어붙인다는 전술이었다.

결국 진운도 사람이니 지칠 것이고, 그럼 잡을 수 있다는 정말 안일한 생각만 봐도 얼마나 카르돈 제국의 귀족들의 머릿속에 자만심이 가득한지 굳이 보지 않아도 충분할 정도였으니 말이다.

"아무리 거대한 공룡이라도 결국 발톱에 끼인 가시에 죽을 수도 있는 법이지."

완전히 방심한 녀석들의 뒤통수를, 아니, 앞 통수를 시원하게 친다는 게 진운 것이 진운의 계획에 핵심이었다.

지금 진운은 카르돈 제국의 황실 정문을 때려부수면서 쳐들어갈 생각이었다.

그곳에 기사단? 물론 막아서겠지만 상관없었다.

그곳에 남은 마스터? 오히려 나와 준다면 대환영이었다.

아이린의 말을 들어보면 카르돈 제국의 빌립공작이 죽고 나서 남은 마스터가 바로 빌립공작의 아버지였으니 오히려 제 발로 죽으러 와준다면 양팔 크게 벌려 환영해 줄 것이다.

"자, 그럼 다시 가볼까?"

마나를 활성화시키자 마치 진운의 몸 안에서 마나의 엔진이 달궈지듯 뜨겁게 용트림하더니,

펑!!

허공을 격발하면서 그대로 일직선으로 날아가는 진운이었다.

비행기가 왜 빠를까? 그건 당연히 일직선으로 날아가기 때문이었다.

그럼 비행기과 같은 진운은 지금쯤 어디일까?

"수도 한 번 진짜 크네."

거의 일직선으로 날다시피 허공을 격발하면서 마치 총알처럼 날아온 진운이 지금 서 있는 곳은 바로 카르돈 제국의 수도로 알려진 카르돈이었다.

조금 이상하게도 보통 초대 건국왕의 이름을 따서 나라이름을 짓는 것이 대륙에서는 거의 대부분이었다.

하지만 카르돈 제국은 그 탄생부터가 좀 애매했던 까닭에 현재 황제의 이름이 아닌 수도의 이름을 나라 이름으로 정하게 되어버린 것이다.

본래 아르돈 제국과 카르돈 제국은 하나의 나라였다.

거의 대륙의 절반을 차지할 만큼 엄청난 크기를 자랑했고, 국력도 대륙에서는 따를 자가 없는 그야말로 황제라는 이름

과 제국이라는 이름이 어울리는 곳이었다.

그 당시에는 아르돈 제국이라는 이름만 있을 뿐이었다.

하지만 세월이 흐르면서 너무나 비대한 땅 덩어리는 욕심을 불러오게 되는 결과를 만들어 버렸다.

몇 대를 걸쳐서 계속 영화를 누리던 황제에게 아들이 둘 있었는데 일반적으로 하나가 뛰어나면 하나가 조금은 떨어지는 것이 일반적이었던 것과 달리 이 황제의 두 아들은 너무나도 뛰어났다.

누가 더 뛰어나다고 판단을 하는 신하들조차 서로 자신이 모시는 왕자가 뛰어나다고 했지만 너무나 팽팽하게 갈라진 세력 싸움에 좀처럼 황태자를 정할 수가 없는 일이 생기고 말아 버린 것이다.

그런데 거기에 불행이 겹쳤는지 황제가 사냥을 갔다가 말에서 떨어져 그만 목이 부러지면서 그 자리에서 죽어버리는 사고까지 생겨 버렸다.

황위를 이을 황태자가 없는 상황에 황제가 갑자기 죽어버리자 결국 두 왕자가 서로 싸울 수밖에 없었고, 거의 몇 년 동안 서로 황제가 되기 위해 서로를 죽이려고 전쟁을 치러야만 했다.

결과적으로 남은 것은 국력이 약해지는 결과만 생겨 버리자 어쩔 수 없이 왕자 둘은 서로 의논해서 어차피 제국의 땅이 워낙에 크니 서로 나눠가지자고 합의해 버린 것이다.

초대 황제가 세운 거대한 아르돈 제국은 결국 대를 이어 오다 자손에 의해 두 개로 갈라지는 비극을 맞이하고야 말았다.

하지만 원래부터 너무 큰 땅이었기에 두 개로 갈라진 아르돈 제국이었지만 여전히 대륙에서 제국이라는 이름이 어울리는 크기를 가진 나라였다.

하지만 문제는 나머지 반쪽에 자리 잡은 왕자였다.

아르돈 제국이 이미 나라 이름을 사용하고 있으니 자신도 아르돈 제국이라고 칭할 수가 없었던 것이다.

그러다 우연히 자신이 수도로 정한 곳의 이름이 카르돈이라는 사실에, 왠지 아르돈과 비슷한 느낌이면서도 왠지 다른 것이 마음에 들어 나라 이름을 카르돈으로 정해 버린 것이다.

그래서 지금 진운이 서 있는 제국의 수도 이름 또한 이 도시와 같은 카르돈이었다.

"나라 이름 참. 대충 짓는 놈들 치고 제대로 된 놈들을 본 적이 없구만."

이야기는 들었지만 막상 직접 카르돈 제국의 수도 카르돈을 둘러보니 그 규모가 상당했다.

무엇보다 아직 수도의 입구에도 도착하지 않았음에도, 진운의 눈으로 선명하게 보일 만큼 웅장한 규모와 크기를 자랑하는 카르돈 제국의 황궁의 규모였다.

"진짜 크긴 크네."

진운은 막상 오긴 했는데 설마하니 수도 중심에 마치 커다란 상징물처럼 황실이 만들어져 있을 줄은 몰랐기에 잠시 크기를 가늠해 보고는,

"저거 칼라드볼그로 부숴 버릴 수 있긴 한가……?"

라는 고민이 생길만큼 황실 규모가 커도 너무 컸다.

사실 진운의 예상은 여행하면서 보았던 포란트 왕국의 황실보다 뭐 두세 배 정도 크기이지 않을까 생각했던 것이 완전히 무너지는 현실이었다.

"적어도… 50배는 되겠네."

확실하게 왕국과 제국의 차이가 얼마나 큰지 보여주는 증거가 바로 지금 진운의 눈앞에 있는 카르돈 제국의 황실이었다.

"지까짓 게 결국 두드리면 부서지는 거지."

확실하게 작정하고 온 듯 진운은 어깨에 걸치고 있던 칼라드볼그를 등에 메는 식으로 바꿔 착용하고는 로브를 꺼내 뒤집어 쓰자 나름 대검을 사용하는 용병과 다를 바 없는 모습이 되었다.

스스로도 그런 모습에 만족한 듯 씨익~ 웃고는,

"자, 그럼 가볼까?"

그대로 수도 카르돈으로 들어가는 입구를 향해 걸었다.

그렇게 거의 다다를 무렵 진운의 발길을 붙잡는 것이 있었
으니,

"…뭔 줄이 이렇게 기냐."

제국의 수도답게 수도로 들어가는 입구가 모두 커다란 문
으로 되어 있는 것으로 총 여섯 개였지만, 그 모든 입구에 길
게 늘어선 사람들의 행렬이었다.

사실 진운이라면 충분히 수도를 둘러싸고 있는 벽을 가볍
게 뛰어넘을 수도 있었다.

하지만 레이나가 제국의 수도는 기본적으로 마법 알람과
함께 대공방어 계열의 마법이 있으니 벽을 넘는 순간 수도 전
체에 비상이 걸릴 거라는 말을 들었기에 어쩔 수 없이 진운도
줄을 서야만 했다.

카르돈 제국의 황실을 부숴 버리기 위해 온 진운이었지만
황성만 부숴 버리고 나머지는 건드리지 않을 생각이었다.

카르돈 수도 전체를 뒤집어 버릴 생각이면 딱히 지금 길게
늘어선 줄을 설 필요가 없다.

사실 수도에 사는 평민들은 그냥 선량한 사람이었고 그 정
도로 진운도 악마적인 성격이 아니었다.

살인을 즐기는 편도 아니었고 말이다.

물론 적이라고 판단되면 가차없지만, 그 외는 딱히 건드리
지만 않으면 무시하는 편이 진운이었다.

그러다 보니 황궁만 부숴 버리려면 무조건 수도 카르돈의 입구를 통과해야 했고, 통과하기 위해서는 줄서는 것은 어쩌면 당연했다.

만약에 이런 모습을 레이나가 봤다면 배를 잡고 웃을지도 모르지만 어쩌겠는가.

상황이 이러니 무조건 고집대로 밀어 붙일 수도 없는 것을 말이다.

톡톡.

"응?"

진운이 로브를 뒤집어 쓴 채 줄을 서 있는데 로브 끝자락을 누군가 잡아당기는 느낌에 슬쩍 고개를 돌리자,

"아저씨, 용병이에요?"

왠 남자아이가 콧물을 질질 흘리면서 진운이 걸치고 있는 로브 끝자락을 잡고서 쳐다보고 있는 것이다.

"그렇단다."

"우와~ 그럼 아저씨 세요?"

천진한 어린이기에 가능한 질문이긴 했다.

사실 등에 커다란 대검을 메고 있는 진운의 곁에 가까이 오려는 사람이 없는 것이 지금까지의 분위기였다.

그러나 이 꼬맹이는 전혀 그런 것이 없는지 진운의 로브자락을 움켜쥐고 있는 것이다.

"그럼."

"…음……."

진운이 자신의 질문에 당연하다는 듯 대답하자 뭔가 생각하던 꼬맹이가 자신의 주머니에 있는 작은 조약돌 하나를 꺼내더니 진운에게 내밀었다.

"아빠가 그랬는데요. 이걸 손아귀 힘으로만 부숴 버리면 정말 세다고 했어요."

그러고는 조약돌은 진운에게 서슴없이 내밀었다.

얼떨결에 꼬맹이가 내민 조약돌을 받아진 진운은 만져지는 촉감만으로도 왠지 평범한 돌은 아닌 것으로 느껴졌다.

왠지 빛깔도 그렇게 이상하게 낯익은 듯했다.

그런데 진운이 익숙한 그 조약돌은 바로 진운이 처음으로 대륙에 마스터라는 이름을 떨치면서 오러 블레이드로 잘라 버린 오스뮴이라는 이름의 바위 조각이었다.

물론 그걸 건넨 꼬맹이는 자신이 무엇을 줬는지조차도 모르고 있었다.

이는 넘겨 받은 진운도 이게 대륙에서 가공조차 불가능하다고 포기해 버린 오스뮴이라는 것을 정확하게 알진 못했다.

그저 왠지 낯익은 느낌이 드는 것이 전부였는데,

꽈악~

진운이 손바닥에 올려놓고 마나를 살짝 끌어올려 힘을 줬

는데,

"어라?"

웬만한 강철도 휘어 버릴 만큼 마나의 힘을 사용한 진운의 악력을 엄청난 편이었는데 지금 꼬맹이가 준 조약돌은 전혀 반응이 없는 것이다.

"어쭈, 이게……."

괜히 돌멩이 하나에 승부욕이 발동한 진운은 결국 자신의 마나를 완전히 활성화하고 나서야 겨우 조약돌 모양을 일그러트릴 수 있었다.

뒤늦게 부서지는 게 아니라 손아귀 모양으로 변형되는 모습에 돌이 아니라 금속 성질을 가지고 있는 특이한 녀석이라는 것을 알게 되었다.

그리고 다시 꼬맹이에게 넘겨주었다.

"와, 처음이에요. 이걸 이렇게 만든 아저씨는. 정말 세구나……."

그러면서 진운을 향해 엄지손가락을 세워 보이더니 손등으로 자신의 콧물을 훔치듯 닦아내고는 총총거리는 뜀박질로 뒤로 가버렸다.

"뭐였지? 방금 그 꼬마는?"

진운도 순간 자신이 뭔가에 홀린 듯 꼬맹이가 시키는 대로 했다는 느낌에 고개를 살짝 갸웃거렸지만 때마침,

“입장!!!”

이라는 소리와 함께 수도로 들어가는 검열이 다시 시작되는 소리가 들렸다.

“드디어 시작인가?”

진운의 시선의 끝에 있는 것은 이곳에 모인 다른 사람들과 달리 수도를 둘러싸고 있는 성벽 너머에 있는 아름다운 카르돈 제국의 황실 궁전이었다.

대륙에서도 아름답기로 유명했지만 곧 사라질 위험에 처한 것이 조금 안타까울 뿐이었다.

『바벨의 탑』 9권에 계속…